ピエロ・ディ・コシモ「シモネッタ・ヴェスプッチの肖像」
提供＝Alinari／アフロ

中公文庫

エロス的人間

澁澤龍彦

中央公論新社

目次

エロス的人間

絶対と超越のエロティシズム

一九四五年に死んだシュルレアリスムの詩人ロベール・デスノスの小著に、『近代精神の見地から文学作品を通じて考察されたエロティシズムについて』という、長ったらしい題の論文があり、私はこれを今から十年ばかり前、故伊達《だて》得夫の書肆《しょし》ユリイカから、小部数で翻訳出版したことがある。なにぶんにも小部数であったため、その翻訳本は、現在では愛好家の渇望する珍本の部類に属し、古本屋で馬鹿高い値段がつけられているそうであるが、まあ、そんなことはどうでもよろしい。このデスノスの小著は、薄っぺらなパンフレットのような体裁のものであるけれども、ヨーロッパのエロティック文学の簡にして要を得た見取り図として、しかもその論旨に、著者のきわめて強烈な内的モティーフが一貫して流れているという点において、いまだに貴重なドキュメントとしての意味を失っていないと考えられる。私がこれから述べようと思うのは、現在では入手しがたくなっている、この本の紹介ならびに論評であり、それ以上のものではないということをまず最初にお断わりしておこう。

デスノスの『近代精神の見地から文学作品を通じて考察されたエロティシズムについて』（以後、略して『エロティシズム』と呼ぶことにする）には、序文の前に手紙がついていて、その手紙はジャック・ドゥーセに宛てられている。ここで、わが国にあまり知られていないドゥーセという人物について、ちょっと触れておくと、彼は一九二九年に死んだ高名な美術蒐集家であり、シュルレアリスムの熱心な保護者《パトロン》であって、ブルトンやアラゴンが一時、彼の美術蒐集顧問として給料をもらっていたこともある。死後、その蒐集したおびただしい前衛文学および美術関係の資料は、パリ大学に寄贈され、美術考古学会と聖ジュヌヴィエーヴ図書館とに分けられたという。デスノスは、このドゥーセにすすめられて『エロティシズム』を書く気になったので、その巻頭に感謝の手紙を添えたわけである。手紙のなかで、デスノスはこう述べている。

「エロティシズムは今までフランスでは、文芸作品の見地からも総合的な視野からも、一度も研究されたためしがありません。ただギヨオム・アポリネールだけが、この重要な課題に実際に取り組みました。私には予備的なプランもなく、参考文献といっては『国立図書館の危険書庫』（ギヨオム・アポリネール）と、十九世紀で中断しているプーレ・マラシの目録以外にはありませんでした。」

なるほど、デスノスの言う通り、十九世紀以来、エロティック文学のアンソロジーは数多く編集されてきたけれども、ある一つの文学的立場と独自の批評体系から眺めた、鳥瞰的なエロティシズムの文学史といったようなものは、私の知る限り、フランスにおいてもその他の国においても、これまでに一度も現われていないような気がする。しかもデスノスの『エロティシズム』が、凡百の文学史と決定的に異なって面白いのは、以下に述べる予定であるが、独自の美学体系を基準に、快刀乱麻を断つごとく、各時代の作家を自由に取捨選択している点であろう。彼は二流三流の作家には一顧もあたえないのだ。いや、一般に一流と見なされている作家といえども、彼の目には取るに足らない通俗作家としか映らない場合がある。その態度はドグマティックだとさえ言えよう。一般のエロティック文学アンソロジーには必ず出てくる、マテオ・バンデルロだとか、ニコラ・コリエだとかの名前は、ここには見当らず、ヴェルレーヌさえ完全に無視されているのだから、その選択あるいは評価の基準はきわめて厳しいと言わねばならぬ。

それというのも、デスノスには詩人の直観に似た確信があって、エロティシズムこそ、精神の自由と超越へいたる捷径だと信じている節が見られるからである。逆に言えば、精神の自由と超越への志向をもたないエロティシズムは、彼にとって全く価値がない、ということにもなろう。ルネサンス期の、あるいは十九世紀の片々たる風俗作家が、彼の眼中にないとしても不思議はなかった。序言のなかで、彼は次のように述べている。

「まず道徳の名前でエロティシズムを弾劾《だんがい》するのが、エロティシズムについて物を書くひとびとの犯す習慣的な偽善である。そういうとき、この道徳という言葉は、彼らの演説のなかで一切の意味を失い、わざとらしい羞恥心と同義語になる。厳粛な哲学的精神（言葉の限られた意味でなく最初の意味における）は、フランス語ではもはや表現することもできず、もう一度定義してみなければならないほど、ひとびとはすべての言葉を忘れてしまったらしい。そもそも道徳という言葉には、人間知識の探求といった意味しかふくまれてはいない。したがってそれは、性的機能の完全な研究を言葉自体のうちにふくんでおり、人生の必要事に或る倫理を適用するという場合以外には、どんな罰にも値せず、どんな弁明をも必要としないものなのである。その道徳に《エロティック》のふくまれていない、どんな哲学も不完全である。」

　この断乎たる定言的判断の連続には、私たちの反駁を許さぬものがあるであろう。道徳のなかにはそもそもエロティック（デスノスの定義によれば「愛欲に関する学」である）がふくまれているので、道徳とエロティックとを対置して、一方の名によって他方を弾劾するのは、全体と部分とを混同した誤りである、と彼は主張するのだ。そこで、ただちに次のような昂揚した調子の設問がみちびき出される。

「ともあれ、時空の無限に心を奪われているほどの人間にして、その魂の秘密の部分に、この《エロティック》の道徳を確立しなかった者があるだろうか。詩《ポエジー》が気がかりでたまらず、遠く離れた偶然の神秘に不安をおぼえるほどの人間にして、愛欲が絶対の内部で純潔と淫蕩とを兼ね備えている、この精神の隠れ家に閉じこもりたいと願わぬ者があるだろうか。」

このような、ほとんど詩や愛と同一視されたエロティシズムの絶対的な様相は、やがてサド侯爵をはじめとする各時代の作家によって具体的に例示されるのであるが、その前に、デスノスは言葉の定義を試みようとする。「エロティシズム＝病的な色情」という小ラルース辞典の定義をとらえて、これに異議を申し立てようとするのだ。すなわち、「自由な言語表現において、貶下的な意味を本質的に含んでいる言葉というのは、そもそもどんな言葉だろうか。貶下的な意味は言葉自体のものではなく、明らかに作家のものであり、読者のものであり、あるいは駄弁家のものであろう」と。言葉の意味はもともと相対的なものであり、ただこれを用いる人間主体の側において、貶下的になったり称揚的になったりするという性質のものだ。小ラルース辞典の編纂者の場合こそ、まさに「道徳の名前でエロティシズムを弾劾」している典型的な例ではあるまいか。

「エロティックとは個人的な学である」とデスノスが言うとき、彼はあらゆる通俗モラルやイデオロギーから完全に断ち切られた、エロティシズムの反歴史的、反社会的性格をすでに予感しているもののごとくである。フロイト理論や夢の学説に関心の深かったデスノスとしては、これは当然の前提であったかもしれない、相変らずの断言的スタイルで、彼は次のように書く。

「精神分析の観点から見る以外に、エロティック文学に嘘が存在するということは絶対にあり得ない。作者はこの精神の鏡のなかに、作者自身の正確なイメージ以外のものを提出しない。他人の魂を何らかの方法で表現しようと思うには、かなりの己惚《うぬぼ》れがなければならない。心理解剖家の仕事は不毛であり、そのセックスを包みかくす仮面も、彼の不能を癒《いや》すわけにはいかない。」

ライオネル・トリリングの『リベラル・イマジネーション』のなかに、作家の自分自身についての記述を額面通りに受け取ってはいけないという、心理学者エドマンド・バーグラーの所説が引用してある。すなわち、スタンダールは少年時代、強い父への憎悪とならんで、母に対する明らかな性的感情をもっていたと自分で記述しているが、その実、スタンダールは無意識に、父への愛（それは彼を慄然とさせた）を仮装させるために、エディプス的な意識を利用していたのだ、というのである。これについては私は何とも言えないが、少なくとも「精神分析の観点から見る以外に、エロティック文学に嘘が存在するということはあり得ない」というデスノスの断言に、この例が、一つの支持をあたえるということだけは言えるかもしれないと思う。

「私たちが筆にすることのできるものはすべて、私たちの精神と感覚との結合したものである。もし私たちがこの感覚というものを注意ぶかく枚挙するならば、その数は十指をもってしても数え切れないだろう。すべての物質的原因をのぞけば、私たちにこの五つか六つの感覚をはたらかせることを得さしめる脳髄の機能は、いったい何番目の感覚というべきだろうか。あらゆるエロティシズムのうちで最も高められた、脳髄作用のエロティシズムについても事情は同じであって、それは私たちの感覚の内側にはたらき、私たちの肉欲に順応するのである。」

ここでデスノスの使っている「脳髄的」(Cérébral)という言葉は、日本語では多くの解釈の余地を残す言葉であろうが、フランス語では、意外にすらすらと受け取れる言葉なのではないかと思う。「愛とは脳髄的な何ものかである」と言ったのはミシュレであった。しかし私がここで思い出すのは、むしろ愛から最も遠い肉欲の形式、ボードレールがラクロの『危険な関係』についていみじくも述べた、「この本がもし灼く力をもっているとすれば、氷のように灼くほかかない」という評言である。ボードレールはさらに同じ覚え書きのなかで、「醗酵していたのは頭だけでした。あたしは楽しむことを望まず、ただ知ることのみを欲しておりました」というメルトゥイユ夫人の手紙（第八十一信）のなかの言葉を引用しているが、これも同じ文脈から容易に解釈され得る言葉であろう。要するに、ボードレールの考える最高の肉欲の形式なるものは、観念こそ最もエロティックなものであるという、反自然主義の極致と言ってもよいような形式だったのである。サルトルが『悪の華』の詩人の肉欲における窃視症者的、屍姦症者的、オナニスト的性格を指摘したのは、まだ私たちの記憶に新しいが、一部のシュルレアリストの美学（ダリの絵を想起するがよい）にも、この同じ性格がはっきり刻印されているのを感じるのは私だけであろうか。デスノスのいわゆる「脳髄的」という言葉に、私は以上のごとき微妙なニュアンスを認めるのだ。

　さて、それではデスノスのエロティック関係の幾つかの言葉の定義を、次に引用してみよう。

「エロティシズム」とは、愛欲を喚起したり誘発したり表現したり満足させたりするための、愛欲に関係のある一切のものの謂《いい》である。

「エロティック文学」とは、エロティシズムの職掌を一つ、あるいは多数もっている文学であり、愛欲を扱った文学である。

「エロティック」とは、(本質的には)愛欲に関する学である。(プラトニックとか、脳髄的とか、神秘的とか、肉体的とかいった形式上の差別のない性的衝動の意味に解される。)

「放縦」(リベルティナージュ)とは、愛欲における精神と素行の自由である。

「肉欲」とは、感覚作用である。

「猥褻」(obscénité)とは、愛欲における習慣と偏見、および羞恥心に抵触する一切のものである。

「猥褻文学」とは、愛欲の表現においてアカデミズムに違反する文学、思考および行動を愛欲との関連において描写する文学である。

「ポルノグラフィー」とは、(脳脊髄的な)低級な作用しかもたない猥褻文学である。この言葉を使う頭の程度によって、貶下的となることもあり、ならないこともある。

「糞便文学」(スカトロジー)とは、フェティシズムの特殊な形式に通じる文学であり、排泄機能および排泄物を使用することによって成立する文学である。

以上、デスノスによる九種類のエロティック関係の言葉の定義を見て、まず私の感じることは、この九種類の言葉のどのひとつをとっても、その言葉自体のうちに貶下的な意味をふくんでいるものはない、ということだ。たとえば「猥褻」という言葉にしても、デスノスの定義では、それは特別に悪い意味に解されておらず、ただ「習慣、偏見、羞恥心に抵触するもの」と規定されているにすぎない。ところが日本の刑法第百七十五条では、「その内容が徒らに性欲を興奮または刺戟せしめ、かつ、普通人の正常な性的羞恥心を害し、善良な性的道義観念に反する文書」という定義になっており、この定義には、いちじるしく道徳の臭いがするのである。さらに、わが国の有名な大正七年における猥褻罪適用の判決では、「猥褻物たるには人をして羞恥嫌悪の観念を生ぜしむるものたるを要す」という定義になっていて、「嫌悪」というはなはだ主観的な判断を、裁判所側が一方的に押しつけるような具合にさえなっている。「正常な性的羞恥心」も、「善良な性的道義観念」も、時代や風俗とともにたえず変化するもので、決して固定したまま動かないものではないはずであり（もし固定すれば「偏見」となるだろう）、その実体はつねに捕捉しがたいものだということを知るべきだろう。今日の「猥褻」と明日の「猥褻」とでは、その意味する内容も大いに違っているはずだということを、私たちは銘記すべきであろう。もう一度繰り返すが、「道徳の名前でエロティシズムを弾劾」すれば、それは必ず偽善におちいることを免れないのである。

デスノスは、エロティシズムが近代精神に固有のものであり、それがフランスにおいて放縦（リベルティナージュ）と区別される概念となったのは、十九世紀のロマン派の革命の近づいた時期である、と考えているようだ。エロティシズムとは、彼によれば、いわばロマン派革命の前駆的徴候の一つなのである。ここで、「好色本はフランス大革命を解釈し説明するものだ」という、あのボードレールの有名な言葉を思い出してもよかろう。もちろん、十九世紀以前にもエロティシズムは存在していたが、これを錬磨し陶冶《とうや》しようとした文学者は一人もいなかった。十八世紀末のサド侯爵が出現してはじめて、エロティシズムは作家の自覚的な研究の対象となり、絶対と超越の形而上学となったのである。

したがって、デスノスがサド侯爵を中心として、西欧のエロティシズムの文学史を「サド以前」および「サド以後」という風に大きく二つに分けたことには、それなりの十分な理由があったわけである。すなわち、それは単に、サドがヨーロッパ文学史上最大のエロティック文学者であったというだけでなく、サドの出現によって、それ以前の文学におけるエロティシズムの質が根本的に変化せしめられた、という認識をもふくんでいたのである。

ともあれ、デスノスによって「サド以前のエロティシズム」と分類された、古代および近世の作家たちの中から目ぼしい名前をあげて、これに対するデスノスの仮借ない批判や痛罵、あるいは熱烈な賞讃や共感の言葉を次に引用してみたいと思う。

まず『サテュリコン』のペトロニウスに対しては、デスノスは次のように書く。

「『サテュリコン』の中には、イタリアのコント作者が大いに利用して味気ないものにしてしまった、独創的なものが多々あるはずだ。とにかくペトロニウスの絶対的な無道徳性と、愛欲におけるその自由とは、文句なしに面白い。物語の全体はまったく魅力的だと言ってもよいくらいである。しかし作者は深い情熱を示すためには、あまりに懐疑的な人間だ。だからそこには、淫蕩を抜きにした、脳髄的でない放縦があるばかりである。いかなる哲学もそこからは生まれてこず、この書物の作者は、当代の愛欲を理解するためには、あまりにもラテン語によって目を曇らされていたのである。……当代のエロティシズムの正確な叙述を残さなかったばかりに、ペトロニウスは好色作家として二流の地位に追いやられている。」

『十二皇帝伝』のスエトニウスに対しては、――

「ジル・ド・レエへの死後の影響を考えずに、スエトニウスに目を向けることは私たちには不可能である。周知のように、《青髯《あおひげ》》は写本による『十二皇帝伝』を読んで、ティベリウスやネロの遊興を真似て情欲を刷新することを思い立ったのであった。……要するにスエトニウスは、俗流歴史家として、その雑駁《ざっぱく》な伝記の中心に、つまらないカプリ島の大饗宴の物語を挿入したがために、近代の最初のサディスト的人物を誕生せしめ、中世の彼方にローマ帝国を完成しようという熱烈な欲求を伝達せしめ、かつ、《神隠し》とか《青髯》とかいった子供の恐怖の対象、すなわち子供の性的本能の支配者たる、原型人物を生み出すことになったのであった。」

『艶婦伝』のブラントームに対しては、――

「そこにあるのは、ただ廃疾者の埒《らち》もないお喋《しゃべ》りであり、宮廷生活についてのくだらない噂話であり、また卑猥な珍談奇聞の寄せ集めであって、いずれにせよ、古文書学者の興味を惹くしか能のないものである。抑えがたい退屈がこれらの年代記から発散している。どんなに話が面白くても、表現がまことに下手なので、終りまで読み通すには並大抵でない根気を必要とする。……それにしても、エロティシズムなどはこれっぽっちもない。ブラントームは気取り屋である。回想を語り、歴史家をもってみずから任じる。けれども彼は、自分の病身を気づかい、失われた健康をなつかしむ以外に、自分の物語に感動しているとは思われない。」

ラブレーに対しては、デスノスは最も手きびしい。すなわち、

「糞便文学《スカトロジー》という言葉は、ラブレーの作品を定義している。重苦しい贅言だらけの文体で表わされた俗悪な思想は、一見、豊饒《ほうじょう》とも見えるような錯覚をあたえる。しかし、ポエジーや純粋思弁に驚くほど無理解な精神は、また愛欲の理解にもきわめて乏しい。それは坊主から転じて医者になった男の魂にふさわしい。うわべだけの不信心では言訳にもならないが、その低級な笑いは、ラブレーという作家のうちに、もっとも不安の意識に乏しい、

もっとも愚劣な人物の棲んでいることを暴露している。要するに欠陥だらけの作品であって、大多数の人間が彼より低い水準にいたのでなかったならば、とてもこれだけの成功は覚束なかったろうと思われるような作品である。すべてこういう具合であるから、その低い素質の想像力においても、またその創意においても、そこに巨人的な能力などは認むべくもなく、『ガルガンチュワ』にしても『パンタグリュエル』にしても、時間をかけて論ずる苦労には値しない作品だ。」

『デカメロン』のボッカチオに対しては、——

「『デカメロン』は、上流社会の物語の集録である。時代はボッカチオの時代のイタリアのスノッブたちのそれであって、物語の主人公たちは、気のきいたことを言って人目を惹こうと一所懸命になっている連中ばかりである。しかし、そこに哲学的な主題を探すことは無駄だ。そんなものはどこにもなくて、そのいわゆる快楽主義というのも、大多数の幸福なひとびととして生きる喜び以上のものでは決してないのである。……文学的に見れば、これらのコントはかなり退屈であり、十日間のお祭騒ぎをひとつひとつ読んでゆくのには努力を要する。悲劇的な物語においても、また感傷的な物語においても、いかなる真実の感情もあらわされてはいない。」

アレティノに対しては、——

「十六のソネットにおいて愛戯の態位を列挙したために、アレティノはここでは、一般の文学史的地位よりもはるかに高い評価を受ける。数百年後にサド侯爵が手をつけたような性的錯乱の研究を（同じように高い精神で大胆にというわけにはいかなかったが）ともかくも試みたのであるから、この作家に冠せられた《聖》の称号も、あながち分に過ぎたものではない。衒飾的表現《コンチェッティ》や、ひとを当惑させるような暗示にみちたアレティノの作品には、その当時の欠点がよく現われている。そういうわけで、イタリア文芸復興期に関する測り知れない参考資料を歴史家に提供しているのは、もちろんであるが、しかし、そういう角度から彼の作品を眺めたのでは、エロティシズムの哲学的効能はことごとく失われてしまう。より重要なことは、この《神のごとき人》が当時の懐疑主義的風潮にもかかわらず、愛欲を表現することを知っていたということを、何度でも繰り返して確認することであろう。波瀾にみちた人生に弄《もてあそ》ばれつつも、果敢に生きたアレティノは、情熱というものを知っていたように思われる。いずれにせよ彼の著作は、ディレッタントの著作ではない。猫のような媚態を示すあのイタリア精神にみちみちた彼の著作は、多くの箇所で私たちを不快にする。その上、あまりにあからさまな物質主義に属しているので、いつもポルノグラフィーが主調をなしていることも、正しく認めねばなるまい。それは時に野卑である。が、不潔なものでは断じてない。……要するに、エロティックな想像力は彼の得意の領分ではないのである。彼は自然主義者であり、いかにも本当らしく情事の手柄を得意げに語る、一個の記録作者にすぎないのだ。一つの性的宇宙を自分で創り出すことのできる者にとっては、アレティノは取るに足らぬ存在であろう。」

ラ・フォンテーヌに対しては、――

「ラ・フォンテーヌの『コント』の評判は、この世でもっとも不可解なものの一つである。この冗長な文章のなかに、好奇心を満足させる何ものかを探し出そうとしても無駄である。それが《デカメロン》から不手際にヒントを受けていて、何かこう、ひどく奥歯に物の挟まったような表現をしているのは事実である。書物のどこを開いても、文章の的確な調子などはなく、いつも我慢のならない夕食後の精神、忍び笑い、それに愛の力の完全な欠如があるばかりである。だらけた無定形の文体は、もっとも魅力に乏しい、もっとも退屈きわまる文体の一つである。最初のページで、ひとは作者を信用する、だが決してその筆が奔放になることがないので、読者はやがて、この空しい興奮にいらいらして、うんざりする。こんなコントにくらべたら、子供の想像力の方がよっぽど猥褻で、はるかに詩的というものだ。」

以上のごとく、風俗的な作家や逸話的な作家に対するデスノスの糾弾は、まことに痛烈をきわめ、とくにブラントームやラブレーのような、いわゆるゴーロワ精神の持主、露骨で陽気な懐疑主義的精神の持主に対しては、完膚なきまでにこれを断罪している。ラブレー、ラ・フォンテーヌ、バルザックとつづく風流滑稽譚的作者に対するデスノスの嫌悪は徹底していて、「ブルジョワ的、俗物的、因襲主義的精神の奴隷的な代表者であったバルザック」などと書いているほどだ。ブラントームに関連して、デスノスが述べている次のような言葉は、彼のエロティシズムについての哲学を窺《うかが》い知る手がかりとなるであろう。すなわち、「この世でもっとも嫌らしいゴーロワ精神、愛欲からもっともかけ離れた卑猥さ、それに野卑な連中が猥談とか色話とか笑い噺とか称している、あのぞっとするような陽気さは、一般に学校の先生や、がさつな精神のためのエロティシズムを代表している」と。

それでは、デスノスが好意をいだき、これに共感を寄せるようなエロティシズムとは、どのような性格のものであろうか。まず第一に要求されるのは精神性であり、形而上学的性格であろう。「エロティシズムの真の性格は」と彼が書いている、「じつのところ、詩と悲劇に属するのである。そして小説やコントが純粋な詩に取って代り得るのは、エロティックな神秘を表現していると主張し得るのは、それらが抒情の伝統や荘重な伝統や笑いや、つまり人間固有のものであるあの荘重さや劇的感興などを、どれほど保持しているかという事情によるのである」と。

このようなデスノスの頭のなかにあるエロティシズムの理想的形態に、もっとも近く、まさにぴったりと言ってもよいような最初の作品が、あのポルトガルのフランシスコ会修道女マリアナ・アルコフォラダの『ぽるとがる文』だ。以下に、この『ぽるとがる文』から始まって、デスノスが共感を寄せている十八世紀の（つまり「サドと同時代」の）作家たちへの讃辞をいくつか引用してみよう。それによって、私たちは彼のエロティシズムの哲学を、なお一層よく理解できるようになるはずである。

まず『ぽるとがる文』について、——

「猥褻性は、エロティシズムの表現に必要欠くべからざるものではない。猥褻性を排除するのは適当ではないが、これを故意に用いるのは望ましくない。『ぽるとがる文』が、もっとも激しい情熱の表明でありながら、なおかつ純粋と高貴の手本となっているのは、かかる事情による。……このいくつかの手紙のなかでは、打ち棄てられた哀れな女が、読む者に涙するまでの感動をあたえつつ、しかもなお女王のごとき威厳をもって語っている。この上ない絶望的な肉欲の衝動によって書かれたこの手紙を読むと、ひとは尼僧の垂れ頭巾が、激しい息づかいに喘《あえ》ぐ胸の上で打ち震えているのを、まざまざと見る思いがする。……出陣した名もなき一人の老兵士の情事が機となって、ゆくりなくも、ヨーロッパのもっとも未開な西のはずれに、この上なく見事な最初の恋愛作品の誕生を見たのである。のちにディドロが、コデルロス・ド・ラクロが、サドが、コンスタンが、そしてセナンクールが、あのようにすばらしい作品を書いたのも、みなこの『ぽるとがる文』への補足であった。この書簡集の影響は、喧伝されはしなかったが確実であった。大革命にいたるまで、この書はひとびとの心をひそかに、徐々に侵蝕した。愛の近代的な概念が、この書から直接に暗示を受けた。」

空前の好色文学黄金時代ともいうべき、十八世紀のエロティックな作家たちのなかで、デスノスは、その作品の一般にあまり知られていないバッフォ、クレビヨン・ル・フィス、ミラボー、アンドレア・ド・ネルシアなどまで論じているが、日本の読者に馴染の薄いこれらの作家に関する論述は省略することにして、ここでは、カザノヴァ以下五人の作家に焦点をしぼろうと思う。

カザノヴァについて、――

「カザノヴァを不公平に扱うひとは、必ずと言っていいくらい知識人に属する。実際、カザノヴァを読むと、わが身の無能ぶりがいら立たしくなる。まさしく騎士ド・サンガルこそは、言葉の本来の意味における恋人である。当時の懐疑主義も、彼に影響を及ぼすにはいたらなかった。……フォーブラスが退屈なのに比べて、カザノヴァは魅力的である。それというのも、たった一人の受難者が、決して卑怯なところを見せず、つねに水際立った真の享楽家で、欲望や恋や冒険の感嘆すべき能力をあますところなく示す、作者自身にほかならないからである。青春時代のすべてをバッフォの庇護のもとに過した彼は、おそらくこの申し分ない師匠から、乱行におけるかくまで高き精神の持し方を受け継いだのにちがいない。……他の作家に精神の原理があるとすれば、カザノヴァには女性に対する利己的な情熱がある。そして彼はこの情熱によって、現在までの女性の概念を形づくるのに貢献したのである。」

レティフ・ド・ラ・ブルトンヌについて、――

「レティフ・ド・ラ・ブルトンヌの面貌は卑俗で混沌《こんとん》としているが、真摯《しんし》で人間的である。知性的にはサドよりはるかに劣っているこの作家のうちに、存在の原理を求めるのは適当ではない。彼が『ポルノグラフ』におけるように、モラリスト風の作品を作ろうとすると、とたんにいくらか滑稽になる。反対に、彼が自分の自慢話をするだけに満足していると（彼の小説はすべて多かれ少なかれ自伝的である）、彼は情痴作家として間然するところがない。もっとも興味ぶかい作品である『ニコラ氏』は、多くの点でルッソーの『告白録』よりもすぐれている。……脳脊髄的な偏愛をもって、彼はほとんど頑迷なまでに、美しい脚とか、美しい咽喉《のど》とか、美しい乳房とかいった刺戟的な部分に執着する。高い踵の靴に対する彼の嗜好は、現在のフェティシズムの先駆的な徴候である。また彼は精神的な愛の情緒を破滅に瀕せしめてまでも、愛欲に付随するもろもろの行為に没頭する。レティフ・ド・ラ・ブルトンヌにおける愛は、本人が何と言おうとも、主として性行為を意味するのだ。彼は女性を理解しようと努めるよりも、むしろこれを裸にすることを喜ぶ。彼の《ヴァラン夫人》であるパランゴン夫人は、プラトニックな会話よりもむしろ肉体の行為を好む成熟した女性の支配力を彼に対して振るったのであった。レティフは永遠の興奮状態にある。どんな女の子のスカートでも、彼を情事に誘いこむ。時に愛情を示しこそすれ、ありていに言って、彼が不愉快な物質主義者の側に立っていることは否めない。」

ラクロ、コンスタン、セナンクールについて、——

「『危険な関係』の重要性について云々するのは余計なことのように思われる。これは雄《おす》の書物であって、のちにコンスタンや『オーベルマン』が表現した愛欲のいわば前ぶれである。そこには仙女物語に出てくる若者などとは丸きりに趣を異にした愛欲がある。……『ぽるとがる文』から派生した『危険な関係』こそは、雄の作品のニュアンスを表現した数少ない書物の一つであって、その中にはおよそ子供っぽさというものはふくまれていないが、しかし、のちにセナンクールがいくらか遊惰な情緒をもって表現し、『アドルフ』がさらに男性的な苦悩をもって表現することになった、あの焦躁、あの不安といったようなものが、すでに萌芽を見せている。この成長しきった文学は、私たちの周囲に見かける、神秘の奥義に通じた人が荘重であるように、やはり荘重な風をしている。私たちは聖書や福音書の遠い寓話に接するよりも、この作品を前にして、より多くの宗教的感情をおぼえるのである。」

本来、詩と悲劇に属するというデスノスのエロティシズムの最高の形態は、こうして見ると、荘重さ、精神的な愛、フェティシズム、男らしさ、男性的な苦悩、不安、宗教的感情、神秘などといった特徴をもっているように見受けられる。そして形而下的、野卑、陽気さ、物質主義などという形容語が、どうやら彼の最も反感をおぼえるエロティシズムの性質であるようだ。こうして、このような歴史の趨勢の絶頂に、サド侯爵の近代精神を具現した最初の哲学的宣言があらわれる。

エロティシズムの歴史の分水嶺をなす、そのもっとも高度な達成であるサド侯爵の文学について、デスノスは何と言っているだろうか。「私たちの現在の望みはすべて、初めてサドが感覚的かつ知的な生命への基礎として、総体的な性的生命なるものをあたえたとき、本質的に形づくられたのである。今日私たちを感動させる愛欲、私たちが私たちの行為の口実として、自由にその権利を要求する愛欲は、最初の『ジュスティーヌ』以来D・A・F・ド・サドが表現した愛欲と同じものであり、また『危険な関係』やディドロの『修道女』や『ぽるとがる文』や、他方ではジャン・ジャックの『告白録』などとともに、純粋に愛欲を扱ったすべての作品（『アドルフ』『オーベルマン』等からバレスにいたるまで）の出発点が確立した愛欲と同じものなのである。」

「エロティックな視野から見るに、サドの作品はすぐれて知的な作品である。制作欲を煽る動機がどうあろうと、よしんば彼が色情狂であるにせよ、あるいは囚人として肉体的生命の抑圧があったにせよ、ともかく彼の作品は絶対に新しい宇宙の創造である。」

「モラリストとしてのサドは、その他のいかなるモラリストよりもモラリストである。彼の創造する主人公はすべて、外側の生と内側の生とを合致させる執念に取り憑《つ》かれている。彼は愛欲と諸行為の連鎖に集中された思想の持主である。美徳は彼の筆で滑稽に描かれるどころか、罪と同様、とはいえそれ以上でもそれ以下でもなく、讃美すべきものとして描かれる。この二つの概念は、あらゆる神がかり的なドグマの外に存在するのだ。主人公たちは理想に向って地上を飛び立ち、ほとんど機械仕掛の神《デウス・エクス・マキーナ》に満足しない。そして彼らがコルネイユの作中人物よりもはるかに品位とセンスをもって語ることが、さらに一層私たちの共感を呼ぶのである。サドが目の前にある二つの原理のうちの一つを選んだことは疑うべくもないが、いかなる時にも彼は、もののしい侮辱でもってその作中人物の一人を圧迫するというようなことはしない。」

「サド以前のエロティックな文学者たちがことごとく、おどけた微笑や、度しがたい懐疑主義や、さては嫌味な無遠慮をもって《あのこと》を眺めたのに対して、サドは愛欲とその行為とを無限の視点から考察するのである。彼の作品にはいかなる微笑もない。が、時として、呪われたロマン主義者の悲劇的な笑いを思わせる、一種の悲劇的な嘲笑が見られる。……彼の筆にする道楽者《リベルタン》という言葉は、その独特な意味において精神の自由をあらわしている。そしてサドは、その作品のどんな部分にも、同時代の作家たちがその味のない作品を潤色するために取り入れようとした、あのぞっとするような懐疑心というものを介入させていない。下品さについてはどうかというと、これほど彼の気質から遠いものはなかろう。彼はあらゆることを直接の言葉で語るが、彼の貴族らしさはすべての言葉に不思議な威光をあたえてしまうのだ。淫蕩の描写において、彼は制限というものを知らない。彼が正確な観察を残さなかった自堕落は一つもないが、その描写のたった一行とても、下品であったり不適切であったりすることはない。」

ひとたびサドの思想を通過したエロティシズムには、深い形而上学の刻印が押されてしまったらしい。性的なものの完全な抽象化、観念の淫蕩、脳髄的なエロティシズム、――どんな呼び方をしてもよかろうが、ともかくサドの作品が絶対に新しい宇宙の創造であったということを、デスノスは詩人の直観的な洞察によって見抜いているようである。かくてサドを通過したのちの十九世紀が、文学的な見地から眺めるとき、むしろエロティシズムの貧困な時代へと進んでゆかねばならなかったことも、それなりの必然性において理解されるのだ。ちなみに、ゾラやモーパッサンやシュニッツラーは要するに風俗作家であって、彼らの作品はエロティック文学とは認めがたいのである。

サドの大きな影に蔽《おお》われて、ロマン主義者や呪われた詩人たちは、真の叛逆と形而上学を忘れ、いたずらに糞便文学や畸形学のなかに迷いこんでいった。デスノスによれば、エロティック文学の領域において、「一八三〇年代の作家たちは、侯爵の悲劇的な面をさらに誇張したように思われる」のであり、さらに「ロマン主義者の唯一の真正の好色文学たるアルフレッド・ド・ミュッセの『ガミアニ』も、どちらかと言えば詩的な作品であった。「サドに対抗したロマン主義者たちの、いかにも大げさな美文調が、この点に関する彼らの精神状態を説明している。誇張による嘘は彼らの怖れるところではないのであって、彼らが敬遠したのは物語の真実味である。それというのも愛欲の領域において、一八三〇年代の髪をみだした詩人たちの大部分は、ついに美辞麗句《レトリック》を追いはらうまでにいたらなかったからである。」

小説の世紀と言われる華々しい文運隆盛の十九世紀に対して、デスノスはほんの一瞥《いちべつ》をあたえているのみである。個別に取り上げた作家も、前に引用したミュッセのほかには、テオフィル・ゴーティエ、ボードレール、メリメのわずか三人にすぎない。

ゴーティエの『女議長への手紙』は、「純粋に糞便文学的な作品の、唯一の典型的な例である。愛欲の表現や情熱は一切見られず、ただ極端な《汚いもの》の使用がある。その上この作品では、でたらめな空想が大きな部分を占めていて、空想と真実らしさとは、比喩のために犠牲に供されている。作者はただ笑わせることのみを心がけている。まったくへぼ作家の春本のような本で、しかもスタイルは魅力を欠き、せいぜいこんな卑猥なことを書き並べた勇気が讃えられるぐらいなものだ。」

ただ、デスノスはプーレ・マラシの艶詩集『十九世紀パルナス・サティリック』にふくまれた、ゴーティエの『毛虱隊長の死、幽霊および葬式』という詩を、傑作として称揚している。「この詩篇は、その表現法と空想力とがちょうど《死の舞踏《ダンス・マカブル》》を思わせる、悪夢のような悲壮な作品である」と書いているが、たしかに、かつて私も日本語に翻訳したことのあるこの諧謔詩には、シュルレアリスティックな効果があって、いかにもデスノスの喜びそうな作だという感じがする。

デスノスが文句なしに脱帽する十九世紀の唯一のエロティックな作家が、『悪の華』の詩人だとしても不思議はあるまい。ボードレールの「男性的な作品こそ、マルスリーヌ・デボルド・ヴァルモールのいくつかの詩とともに、『危険な関係』や『アドルフ』に対応し得る唯一の詩作品だ。いかなる誇張も美辞麗句もないが、男性的で、打ちとけた、真の感動があって、それが『悪の華』の普及を完全に正当なものにしている。」

さらに詩では、『新パルナス・サティリック』に収録された有名なマラルメの「悪魔にゆすぶられた黒ん坊女」が引用されている。(ちなみに、この詩は日本のマラルメの翻訳書では、いずれも「悪魔に憑かれた……」となっているが、原文の secouée は、もっと具体的な愛戯の動作を表現したものにちがいない。)

こうして最後に二十世紀、すなわち「今日のエロティシズム」に到達するのであるが、デスノスが『エロティシズム』のなかに取り上げている、私たちにもっとも身近な作家が、ザッヘル・マゾッホ、コレット、ピエール・ルイス、ギヨオム・アポリネールの四人だけだというのは、いささか物足りないような気がする。第二次大戦後、ヨーロッパの文学界では、華々しいサド復活とともに、エロティシズムに対するメタフィジカルな関心が異様に高まってきていることを、すでに私たちは知っているからだ。しかし第二次大戦中、ボヘミアの収容所で死んだデスノスには、これは望むべくもなかったろう。

マゾッホについて、――

「マゾヒスト的精神状態は、サディスト的精神状態から直接に生まれるものではない。前者は後者の逆ではないのである。他者の身に加えられた現実の苦痛のなかに在るサディスト的快楽の生命は、相手がみずから受ける拷問の苦痛に満足することができるという仮定において、当然減少するはずである。しかしともかく、サドの影響と、彼の描いた精神状態とが、マゾヒズムの形成にあずかっていることは否定できない。……このエロティシズムの閑却された形式を描き出したのがザッヘル・マゾッホであって、最近二十五年間におけるマゾヒズムのかなりの進歩は、この《ワンダ》の恋人の作品との関連なしには考えられない。……しかし、そのすべての独創性にもかかわらず、ザッヘル・マゾッホは聖侯爵なしには存在し得なかった。ともあれ、こうした作品は、ジュスティーヌの父をいたく悲しませずにはおくまい。なぜかというと、サドはいつも悪徳によって無辜《むこ》を迫害させているのだ。サドの作中における拷問は決して正義による業ではなく、必ず罪の業なのだ。ところが逆にマゾヒストの文学においては、しばしば悪徳を具象化している者が、犠牲者であるという事情が許されるのである。」

デスノスはユイスマンスの作品を例にひいて、宗教的マゾヒズムについても一筆している。すなわち、「すでにジル・ド・レエのサディズムに心を奪われていたユイスマンスは、『スキエダムの聖女テレーズの生涯』においては、未来のマゾヒストや神秘主義者の正確な描写を残した。一般の意見とは逆に、私たちはこの聖者たちの神秘主義のエロティックな側面を非難しようとは思わない。それどころか、私たちはそこに、彼らの理想主義のもっとも正当な基盤を見るのである。」

コレットについて、──

「ロマン主義時代の青春は『フォーブラス騎士の恋』を知っていた。一九〇〇年代の世代は、秘密本として『ガミアニ』や『ロトの娘たち』や、「クローディーヌ」物をもっていた。」

ピエール・ルイスについて、──

「たとえ中傷者が何を言おうとも、ピエール・ルイスは俗悪な作家ではない。彼の書くものはすべて、つねに共感をそそる感受性をあらわしている。前世紀末の詩人たちのあいだで、彼は低俗な仕事に決して手を染めず、つねに品位ある態度を持した、まれなる作家の一人である。『アフロディット』と『ビリティスの歌』は十五年間にわたって、若いひとたちの想像力を強く刺戟してきたものである。現在でもそれらは娼婦に関するもっとも明瞭な博識を構成しているものであることに変りはない。この事実は、たぶんピエール・ルイスの気に入らぬことではあるまい。彼の作品はすべて、愛欲における自由の呼び声なのである。現代のもっとも美しい《文学的スタイル》の一つである華麗な文体で、彼は激しい上品な淫蕩を表現したのである。……ルイスの古代は模造ブロンズの古代であり、化粧漆喰《しっくい》の古代であると言うひとたちに対して、私たちは、古代などは大して問題ではない、ルイスの近代主義が問題なのだ、と答えよう。彼の《アフロディット》は、古代の胴着を着ている女というよりはむしろ、とある夕、私たちがシラノで見る、お化粧をした女のように見える。ピエール・ルイスのエロティシズムは、夕方、街灯の光でちらと見るエロティシズム、国際的な港で思い描くエロティシズム、水夫の居酒屋や英国紳士のバーに出現するエロティシズムである。」

アポリネールについて、――

「フランスにはエロティシズムの文学史が存在しない。ただアポリネールのみが《愛の巨匠》叢書に主要な作家の抜萃を発表して、一つの総合的な作品をつくろうと試みた。残念なことには、彼は『国立図書館の危険書庫』の目録以外には、この仕事の全体的計画を何一つ残さなかったので、これが私たちの所有する出版されたエロティック作品の、唯一の総合的分析の書となっている有様である。この《愛の巨匠》叢書の、少なくともアポリネール存命中に出版されたものには、その多くの巻に彼みずから筆をとった序文が付いているので、非常に興味ぶかい。このようにして彼は、サドや、ネルシアや、バッフォや、レティフやを明るみに連れ出したのである。」

「サドについて言うならば、アポリネールの働きはとりわけ重要であった。彼こそはジャナンの歪曲《わいきょく》を斥《しりぞ》けて、この大作家の真の相貌を見きわめ、称讃の言葉をもって彼を語った最初のひとびとの一人であった。そして彼はその代りに聖侯爵の影響を受けたが、その影響は小説『一万一千の鞭《むち》』のなかにあらわれている。」

「サドが『ソドム百二十日』のなかで行ったことを真似て、アポリネールは、さまざまな愛欲の形式の正確なリストを作成しようと考えたようである。だが、つねに脳髄的な面にとどまっていたので、卑しい血統に属する読者の下半身を刺戟するような危険はなかった。言葉の称讃的な意味における、極端な幻想場面の連続を通して、不潔でもない卑猥でもない糞便学者が、サディストが、マゾヒストが、自慰愛好者が、男色家が、鞭打愛好者が、次々に姿をあらわすのである。とくに鞭打愛好者が多い！　パリからドイツ、セルビア、ロシアを通って旅順港にいたる、ヴィベスク公爵の抒情的な旅は、かくて堅固な肉や熟し切った肉の上に振りおろされる鞭の鈍い響きとともに展開されるのである。アポリネールは鞭をその小説の時間測定器としたほど、鞭というものの本質的に近代的な役割を理解していたように思われる。同様に彼はサド以後に発達した愛欲の唯一の形式である、マゾヒズムの正確な描写をも試みている。しかしそれはサド風の、重厚にして悲壮な調子には達していない。」

デスノスの『エロティシズム』は、一応、二十世紀初頭のアポリネールをもって終っているが、前にも書いたように、ここで終らせてしまうのは何としても惜しい気が私にはする。すでに今世紀も七十年を過ぎようとしている現在、デスノスの時点ではまだ影すらも見えなかった。何人かの今世紀のエロティシズムの大作家が、その後、その相貌を徐々に完全に露わしはじめているからだ。読者はジャン・ジュネやジョルジュ・バタイユの名をただちに思い浮かべることであろう。あるいはウラジミール・ナボコフやアンドレ・ピエール・ド・マンディアルグの名を思い出す方があるかもしれない。デスノスの夢みる絶対と超越のエロティシズム、詩と悲劇のエロティシズムが、これらの作家の文学にも濃厚に流れていることは明らかである。これらの作家をどのように位置づけ、どのように分類し、どのように評価を下すかは、今後に残された私たちの課題と言わねばなるまい。

エロス、性を超えるもの

エロティシズムは思想たり得るか。イデオロギーたり得るか。――まず、このような形で疑問を提出しておかなければならない。太平ムードのフラストレーションであろうか、昨今、一種の流行のように、一部の論者が「エロスの思想」だとか「セックスの思想」だとか口走っているのを、耳にする機会があまりにも多いからである。思想というからには、そこには私たちが私たちの生をいかに生きてゆくべきかという、人間的関心が中心となりつつ、さらに私たちの行動を未来に向って正しく方向づけるところの、反省的再構成が必要とされるであろう。

ところで、エロティシズムとは、このような方向性において自己を主張する学説たり得るものであろうか。なるほど、性の解放、男女同権、フリー・セックス、あるいはまた芸術における表現の自由などといった観念は、そのまま一つの自己主張であり、はっきりと未来への方向性をもった、一つの道徳的イデオロギーでもあり得るだろう。しかしエロティシズムには、このような楽観主義的な進歩の思想を根底からくつがえす、太古の闇のなかの恐怖をそのまま現代に持ってきたかのような、社会生活をおびやかす暗い力としての性格があるのではないか。そして、進歩の方向に沿った合理主義や主知主義の努力をいかに積み重ねても、この非合理な暗い力に目をそそがなければ、エロティシズムの本質はついにとらえられないのではないか。

つまり、エロティシズムとは、直線的な歴史の方向に沿ったパースペクティヴのなかで眺めるべきものではなく、むしろ既存の文化体系や社会生活を解体し、古代と現代とを同一平面上に均等化するような、いかなる意味でも弁証法の介入する余地のない、あらゆる時代において共通した、一種の反社会的な危機の表現として眺めるべきものではないか。

というのは、まず第一に、エロティシズムは本質的に個人的、恣意《しい》的なものであって、モラルとの関係が断ち切れているからである。アンドレ・モラリ・ダニノスによれば、「エロティシズムとは、性的なものの意識的あるいは無意識的喚起、ないしは明らかに性とは無関係な目的をもつ機能にまで、性現象を拡大すること」である。エロティシズムには、暴力や血の欲求に結びついた一面もあるが、また純粋に精神的、想像的なエロティシズムもあり、この点で、それは芸術に似ているのである。想像力のはたらきによって成立する芸術活動が本来アモラル（無道徳）であるように、エロティシズムもアモラルである。また芸術に進歩がないように、エロティシズムにも進歩がない。

芸術論がマルクス主義の弱い環であるとすれば、エロティシズム論はさらに弱い環でもあろう。性道徳というものはあるが、エロティシズムの道徳というものは成立し得ない。空想することは私たちの自由であり、社会は私たちの頭のなかにまで禁止の手をのばすことはできないからである。社会が禁止するのは、表現された限りにおいてのエロティシズムにすぎない。このようなエロティシズムの恣意性に対抗し得るのは、宗教の戒律のみであろう。宗教はエクスタシーや神聖の観念によって、エロティシズムの暴力を吸上げることができるからである。

ところで、性現象のうちでも、種族保存の目的に結びついた生殖という一面は、早くからこれに市民権があたえられ、社会や生産や労働の文脈のなかに（つまり進歩の文脈のなかに）完全におさまっていたのに、一方、人間の快楽と結びついたエロティシズムの市民権は、誰もがこれをひそかに享受しているにもかかわらず、二十世紀の大衆社会状況下においてさえ、いまだに公然たるものとはなっていない（最近のローマ法王の避妊に関する回勅は極端な例だとしても）。これは考えてみれば、しごく当然なことであって、そもそも反社会的な本質をもつものを、社会が容認する道理はないからである。エロティシズムの全的解放のためには、まず社会を否定する必要があるであろう。

　要するに、エロティシズムのなかには、近代化とか民主化とかいった、社会的な次元による発想においては語り得ない何物かがあるのであって、これがエロティシズムをして、一つの思想あるいはイデオロギーたらしめることを容易に許さないところのものなのである。

　もっとも、最近にわかにクローズアップされてきたヘルベルト・マルクーゼ（日本では十年前から翻訳が出ているが）のような、エロティシズムの全的解放を唱える反社会的、予言者的思想家もいないわけではない。むろん、彼の場合は、全的解放なのであるから、既存の歴史的社会的土台は全的に否定され、進歩観念の上に立った歴史のパースペクティヴも否定され、どちらかといえば、そのユートピア的な形而上学は、歴史そのものの終《しゅう》焉《えん》に一挙に到達せんとするかのような、絶望的かつ誇大妄想狂的な試みと見られるような節がある。

　明らかにマルクーゼは反社会的であり、社会否定の思想家であって、男女同権だとか表現の自由だとかいった、なまぬるい社会改革や道徳運動とは縁のない過激派なのである。私はといえば、私だってマルクーゼのように、ユートピア的夢想に浸ろうと思えばできないことはないし、それどころか、性のユートピアはかなり私の趣味にも合うのであるが、さしあたって現在のところは、「必然性の王国」内に踏みとどまって話をすすめて行くことにしようと思う。

では、エロティシズムの反社会性とは何か。――それは、エロティシズムが深く死に結びついているという認識によって、はじめて明らかになるだろう。この点を、ややくわしく説明してみたいと思う。

エロティシズムと死との結びつきを、その独創的な理論の中核に据えたのは、先年死んだ、フランスの哲学者ジョルジュ・バタイユであって、彼の理論によれば、動物とは異った人間独自の性的活動に伴なうエロティシズムは、死の意識に浸されているところに特徴がある。

生殖のための性的活動は、有性動物と人間とに共通しているが、みずからの性的活動をエロティックな活動たらしめたのは、人間だけなのである。すなわち、エロティシズムと、単なる性的活動とを区別するところのものは、生殖や子供への配慮につながる自然の目的とは独立した、一つの心理学的な探求なのである。そして死の意識は、この心理学的探究の目標としてあらわれる。なぜか。――

個体はもともと非連続であり、二つの個体のあいだには越えられない深淵があるが、ただ生殖の瞬間、二つの個体が結びついた瞬間にのみ、非連続の個体に活《かつ》が入れられ、連続性の幻影があらわれる。しかし究極の連続性とは死にほかならず、この死に魅惑されて連続性の幻影を見ようとする志向こそ、エロティシズムの根拠にほかならない。

死の意識をもったエロティシズムは、人間だけのものにはちがいないが、かかる連続性を求めるエロスのはたらきは、単に人間や有性動物ばかりでなく、最も単純下等な無性の生物のもとにまで遍在している。たとえば、周知のようにアミーバは分裂によって繁殖するが、この場合、一匹の母アミーバが二匹の娘アミーバに分裂したとすれば、そのとき個体としての最初の母アミーバの存在は消滅したのであり、すなわち、母アミーバの消滅（死）を契機として、二匹の非連続の娘アミーバが生じたわけである。

このように、単細胞動物の場合は、一つの個体が二つの個体に分れる瞬間、連続性があらわれる。これとは逆に、より高等の有性動物の場合は、もともと非連続の二つの個体が、生殖の瞬間だけ一時的に結合し、そこで連続の幻影を見る。むろん、生殖の瞬間が終れば、ふたたび離れて別々の個体、非連続の個体にならなければならないし、死ぬ時も別々である。しかし死は、大きな確固とした連続のなかに、私たちすべてを解放してくれる。少なくとも生きているあいだは、非連続の個体として生きなければならない私たち人類は、いや、人類ばかりでなく、ありとあらゆる生物は、この失われた連続性への郷愁によって、性的活動を営むのではないだろうか。

著名な生物学者ジャン・ロスタンの観察によると、性のない単細胞動物である、淡水の沼に棲むゾウリムシは、ふつう分裂によって繁殖するが、ときたま、接合という奇妙な現象を起し、二匹が一つに結合して、互いに細胞の組織を交換し、一種の浄化作用を行って、ふたたび元のように分離するのだそうである。この接合という現象は、繁殖の必要のために行われるのではなく、またゾウリムシにはもともと性がないのであるから、これを性的活動と見なすわけにもゆかず、もっぱら愛の行為、エロスの衝動とでも呼ぶ以外に呼びようがない、とロスタンは述べている。どうやら生殖本能よりも、生物を駆り立てるもっと大きな力として、エロスの普遍的な存在を認めなければならないようである。

ロスタンによると、「愛欲とは、いわば自己と全く同一ではない、未知の神秘な魅力を示している同類の方へ向って惹きつけられる、存在の飢えともいうべきものである。この存在＝対＝存在の親和力、この他者に対する本能的欲望は、二つの主体の親密な決定的な融合に帰着するか、あるいは束の間の交渉に帰着するか、どちらかであろう」と。種の繁殖のためには、必ずしも性を必要とせず、下等動物の多くは分裂、卵割、もしくは発芽という無性の繁殖にしたがっており、また、ある程度まで高等な動物においても、雌のみの単性生殖や世代交番がしばしば行われているという例をひいて、ロスタンは、性よりももっと大きな普遍的な力としての、生物界における愛欲の存在を認めることの科学的な正しさを説いている。私たちは、愛欲の現象が性現象に先行しているという、生物学的真実を認めざるを得ないのである。

こうしてみると、生物の歴史における性の出現は、二元的に展開してゆく世界の、その一つの様相として理解されるべきではあるまいか。性が分離したということは、当然、分離以前の未分化の状態があったということを予想させる。それはまだ性ではないが、やがて性として発現すべき潜在的な性であり、いわばアンドロギュヌス（両性具有）の性である。

ここで、私たちは古いプラトンの愛慕の説、――もともと両性具有であった人間が、二つに切断された自己の半身を追い求めるという、アンドロギュヌスの説を思い出してもよいだろう。統一すべき一つの離反としての、満たすべき一つの欠如としての、かような性の概念は、もとより繁殖の機能とは関係がなく、いわば物質とエネルギーの循環の法則に似た、世界の普遍的な法則のようなものでもあろう。

ヘブライの神話においても、人間に性の意識が生じるとともに、歴史と文化がはじまるのである。男と女、光と闇、昼と夜、善と悪といった二元的対立こそ、歴史を動かす原動力である。原初の黄金時代は、時間の停止した、歴史の外にある、永遠の現在ともいうべき楽園であるから、したがって、そこには性がない。性（つまり二元的対立）がなければ、発展もないし、進歩も文明もない。それは一種のユートピアであって、マルクーゼが「必然性の王国」のさなかに、あたかもロバチェフスキーの空間のように発見しようとした「自由の王国」も、この仏教のニルヴァーナ（涅槃《ねはん》）の理想に近い、新しい性のユートピアであったと思われる。歴史過程の最初と最後には、相似の形態を示す二つのユートピアがあって、そこに住む人間は、いずれも性のない（つまり男女の二元的対立を克服した）人間であろうと想像される。

したがって、性とは、詮じつめれば、二元的に展開された生命の一つの表現形式、としかいえないのではなかろうか。そして性的結合は、この二元性を解消し、非連続の個体をして連続性を回復せしめようという、大きなエロスのはたらきのもとに統括されるべき、一つの運動にすぎないのではなかろうか。両性を互いに牽引する力は、生殖本能よりも、エロティシズムよりも、じつはもっと大きな何物かの力（かりにエロスと呼んでおくが）の働きによるものであって、それは失われた無差別、失われた絶対的一元性をふたたび回復するための、ある解放への盲目的意志とでも呼ぶ以外に呼びようがないものではなかろうか。

二元的に展開された生命の表現形式としての性とは、だから、一面においては闘争原理となり、一面においては融和原理となる。性の分裂離反は、闘争原理の端的な表現であり、性の融合結集は、融和原理の端的な表現である。男と女の関係ばかりでなく、男と男、女と女の関係においても、私はこのアナロジーで押し通せると思う。現実には、この両原理が平衡を保って、人間生活は営まれるのであり、一方の原理だけを抽出すれば、それはフィクションにすぎなくなる。

多くの作家によって空想された性のユートピアは、ともすると、この二つの原理の一方だけを抽出するから、ある場合には、権力意志の専制政治となり、またある場合には、仏教的ニルヴァーナのアナーキズムとなる。いずれも反社会的であり、いずれも死の想念にみちみちてはいるけれども、とくにエロティシズムの暴力的な面があからさまに露呈されるのは、この闘争原理としての性、——フロイトによって死の本能と呼ばれたところの、マゾヒズムやサディズムをふくめた性の破壊的衝動であろう。ここでもまた、動物の世界との完全なアナロジーが成立する。

もとより現実には、動物の性行為と人間の性行為とのあいだには、何らの心理的な連続もないはずであるが、あたかも人間は、はるかな過去の動物時代の経験のレミニッセンス（無意識的記憶）のなかに、いわゆる倒錯の行為の手本を求めているのでもあるかのごとくである。動物の性行為を特徴づけるものは、恐怖と魅惑のアンビヴァレンツ（反対感情共存）であり、闘争性こそ、動物の愛欲の原動力なのである。この点については、前記のロスタンの本（『愛の動物誌』）のなかに、豊富な例が示されており、私たちはそれによって、クモからヤツメウナギまで、軟体動物からカマキリまでの、まことに兇暴かつ貪婪《どんらん》な愛の行為の実体を知ることができる。

ただ、動物はこうした血みどろな愛の行為においても、おそらく闘争原理と融和原理とを過不足なく満たしているものと思われるが、人間においては、明らかに事情が異っている。人間は、生と死との生物学的な統一を、二つの相矛盾対立した方向に分裂せしめ、生の本能も死の本能も、二つながら抑圧してしまった不幸な動物であるらしい。アメリカの心理学者で、マルクーゼとほぼ同じ立場に立つノーマン・ブラウンは、動物のもとには存在せず、人間のもとにのみ存在する「死を忌避する願望」を指摘し、また、それと関連して人間における「死の抑圧」説を提出している。「死の抑圧」とは、すなわち過去に固着し、老いることを拒否する傾向である。つまり時間に対する無益な抵抗である。

死への回帰願望は、周知のように、フロイトによってニルヴァーナ原則として定式化された。すなわち、すべての有機的生命に共通な一つの保守的、退行的な傾向は、生物が外的な妨害力の影響のもとで放棄せざるを得なかった、原初の状態を回復しようとする衝動、一種の「有機的な弾性」なのであり、無機物に還るという衝動なのである。こう考えれば、あのバタイユの連続と非連続の理論も、さらに強い心理学的な裏づけを得たということになり、ブラウンの「死の抑圧」説も、容易に理解されることになるだろう。たしかに性行為は、エロスとタナトス（死）とが互いに拮抗《きっこう》する場所であるにはちがいないが、生命（エロス）の勝利は、死への道程における途中の休止でしかなく、その一時的な均衡も、最後には必ず、死の決定的な均衡のなかに解消してしまう。つまり非連続から連続へと決定的に移行してしまう。死の本能、ニルヴァーナ原則は、この場合、闘争原理としてよりもむしろ融和原理としての面をあらわにするだろう。

私はかねがね、エロティシズムとの関連において眺めた人間のタイプを、闘争原理型と融和原理型とに分けて考えることに興味をいだいてきた。とくに芸術家などに、この分類法を当てはめてみるとおもしろい。前者は、既存の性の二元性をそのまま肯定しており、つねに敵を欲しており、多く体制的であって、ユートピア願望としては権力意志のそれを夢みている。後者は、原初の一元性を回復したいという欲望が強いから、多く反体制的であり、アナーキーのユートピア、あるいはオルギア（乱行）のユートピアを夢みている。

さらに思いつくままに、両者の特徴を対照的にならべてみると、前者はカイン・コンプレックスが強く、父性憧憬的であり、後者は子宮願望が強く、母性憧憬的である。前者はサド＝マゾヒスト的傾向を示しやすく、後者はオナニスト的、フェティシスト的傾向を示しやすい。前者は倫理的であり、その倫理的ならびに精神生理的要請から、死刑その他の刑罰を肯定する立場に拠らざるを得ず、後者はアモラルであり、そのアモラルな快楽主義的傾向から、麻薬の使用あるいは安楽死を合理化する立場に拠らねばならない。そして最後に、総合的にみて、前者はエロス的であり、後者はニルヴァーナ的であるとつけ加えておこう。

闘争原理と融和原理と、どちらが倫理的により高いかといったような区別は、むろん、あり得ないわけだけれども、モニズム（一元論）とデュアリズム（二元論）とのあいだを往復するエロスの運動の、最も基本的な表現形式は、これ以外にはないと思う。つまり、性とは、この二つの原理のそれぞれをふくむものであり、この二つの原理を一つに統一したものがエロスだというのである。エロスとは、根源的な性の無差別性を示すものであり、また分離した性の統合をあらわすものである以上、性の領域を超えて、エロスの領域が広大であるのは申すまでもなかろう。

注意すべきは、融和原理のみでは、エロティシズムは本質的に成立ち得ない、ということである。エロティシズムの領域は、本質的に暴力の領域であり、侵犯や凌辱の領域だからである。私が前に「反社会的」という言葉を使ったのも、そのような意味をふくめてであった。

バタイユの有名なエロティシズムの定義――「エロティシズムとは死にまで高まる生の

称揚である」――をもじっていえば、「死とは、安楽にまで高まる暴力の称揚である」という定義が成立するかもしれないのだ。少なくともフロイトの仮説は、このことを暗示している。

もし人間が死の恐怖を克服することができるようになれば、エロティシズムの危険性は、たちまちにして消滅するであろう。とはいえ、その場合、エロティシズムが、以前と同じように魅力のあるものでありつづけるかどうかは、はなはだ疑問であろう。

――こんな結論しか引出すことができないのは、私としても、まことに心苦しい限りであるが、やむを得ない。エロティシズムの現状を客観的に記述しようとすれば、どうしてもこうならざるを得ないのであり、これ以上論をすすめれば、ユートピアの夢物語か、あるいはSF的未来物語の領域に突入してしまうことになりかねないのである。もちろん、この論文は、進歩主義者の楽観的な、威勢のよい議論に水をひっかけるために書かれた、という一面もある。そういう態度も、また必要ではないかと考えるところがあったからである。

　悪の定義にはいろいろあるにちがいないが、エーリッヒ・フロム氏が『悪について』のなかで述べているそれは、アウグスティヌスからカントを経て近代の実存主義にいたる、あらゆる自由の哲学の超越的な価値をきれいさっぱり取りはらった、まことに単純明快な構造のもので、いっそ私には、その断固たる定言的判断が美しく見えたほどである。フロイトは死ぬまで、自己の体系から帰結される倫理的価値判断を慎重に避け、このような定言命法の危険に身をさらしたことは一度もなかった。ともあれ、フロム氏によれば、「悪ということは特別に人間的な現象である。悪とは人間以前の状態に退行し、とくに人間的なるもの、すなわち理性、愛、自由を排除しようとすることである。」そしてまた、「悪の程度は、同時に退行の程度でもある。最大の悪とは、生に最も逆行しようとすること、すなわち死に対する愛好、子宮、土壌、無機物へもどろうとする近親相姦的共生の努力であり、また自我《エゴ》の牢獄を離れないために、その人間をして生の仇敵たらしめるナルシシズム的な自己犠牲のことである。こういう生き方は地獄の生き方である」ということになる。

　フロム氏にとって、何ら超越的な価値をふくまない絶対悪の三位一体ともいうべきものは、精神分析の中心的課題であるべき、死を愛好すること（ネクロフィリア）、ナルシシズム、および近親相姦的固着といった三つのオリエンテーションであった。この彼の見解にしたがえば、ぴかぴか光ったスポーツ・カーのボディを眺めること、女の裸体を眺めるがごとき青年（ネクロフィリアの傾向ありと認められる）や、服装に凝ったり、鏡のなかの自分の顔や筋肉を眺めて飽きなかったりする青年（ナルシシズムの傾向ありと認められる）や、永遠に「母なるもの」を求めて結婚に踏み切れなかったりする青年（近親相姦的固着の傾向ありと認められる）は、無造作に女を強姦したりする青年（男根的オリエンテーション、独立・自由の傾向ありと認められる）などよりも、はるかに悲惨な、はるかに救いようのない倫理的な地獄に生きている、ということにもなるであろう。事実、それはそうかもしれないのである。

　好んで逆説を弄するつもりはないが、抑圧による葛藤の理論である精神分析には、奇妙な構造があって、正常と異常とのあいだには質的差異がなく、ただ量的差異のみがあり、正常（あるいは異常）は場合によっては異常（あるいは正常）に逆転する性質のものだということを指摘しておきたい。フロイトの本能説は、どこまでも二元論的である。それは精神生活における葛藤という事実から出発し、この事実を説明せんとする学説である以上、当然であったろう。だからユングによって提出されたリビドーの一元論的な理論は、抑圧の説を根底からくつがえすものとして、フロイトによってきびしい批判を受けねばならなかった。さらにまた、フロイト的な意味における本能とは、精神的なものと生物学的なものとの境界に位置する概念であって、フロイトは人間を説明するのに、一方に神経症者(異常)を想定し、他方に抑圧された者(正常)を想定した。人間とは、神経症者であるか、しからずんば抑圧された者であるか、いずれかであった。そして注意すべきは、神経症者の方こそ、その生物学的本能を解放された、人類の「失われた楽園」の近くにいる、フロイトの抱懐する幸福理念としての快感原則に直接に結びついた、むしろ自由な存在と見なされるべき存在なのであって、抑圧された人間の方こそ、かえって病める文明の必然的な産物だったのである。いったい、どちらが正常であり、どちらが異常であるのか。

おそらく、この異常と正常との区別をはっきりつけたいと思うならば、フロイトが賢明にも避けてきた倫理的価値判断を、精神分析という一個の心理学の体系のなかに持ちこまなければならないはずであろう。それにしても、無意識を悪と見なすか否かの判断は、心理学そのものからは直接にやってくるはずもないだろう。自然科学の価値判断は、論理的な正・不正以外にはないからである。では、その倫理的価値判断はどこからくるか。ユングにとっては少しも悪でなかったもの（無意識）が、どうしてフロムにとっては絶対の悪なのであろうか。私には何とも言えない。

いや、私にも、この間の事情が全く分らないわけではない。その価値判断――つまり、無意識を悪と見なすか否かの判断――は、たぶん、それぞれの人間観、世界観から由来するであろう。ブルジョワ・ヒューマニズムの見地から薔薇色《ばらいろ》の道徳を説く心理学者もあれば、破滅的な終末の危機感におびえ、ことさら世界を暗黒の一色に塗りつぶす心理学者もあろう。科学的真理の必然とは関係なく、心理学が文明論、倫理、哲学と結びつくのは必至であろう。ユングが一元論をえらび、詩人となって形而上学の高みへ翔《か》け上ってしまったのに対して、フロイトが最後まで二元論の体系内にとどまり、みずからアンビヴァレンツ（両極性）の矛盾に悩まなければならなかったのも、彼らの人間観、世界観のしからしむるところであろう。あるいはこれをニーチェ風に「病者の光学」（『この人を見よ』）と呼んでよいかもしれない。抑圧のない文明がないとすれば、心理学者だって一個の病者であり得るのである。（フロイトの無意識の政治的使命感、新しい哲学的科学的宗教を設立したいという彼の望み、また、その所有に対する無意識のブルジョワ的執着を、赤裸々にあばいて見せたのは、皮肉なエーリッヒ・フロムである。）神経症者の夢と正常人の夢とのあいだに、その構造においても内容においても、まったく変りがないとすれば、夢はそれ自体、神経症の一つの徴候であり、私たちすべては神経症者であると結論することも可能であろう。少なくとも神経症と健康との区別は、人間が夢を見ない昼間においてしか存在し得ないにちがいなく、人間の昼の歴史は、そのまま抑圧の歴史であり、人間の夜の歴史は、そのまま神経症の歴史でもあろう。「一般に神経症は動物に対する人間の特権であるかもしれない」(『精神分析入門』)とフロイト自身も書いているくらいである。

このことから、ただちに次の命題がみちびき出される。すなわち、もし人間すべてが多少なりとも神経症の徴候をふくんでいるものとすれば、歴史の謎は理性のなかに存するのではなく(反ヘーゲルの立場)、欲望のなかに存するのであり、また労働のなかに存するのではなく(反マルクスの立場)、快楽のなかに存するのである、ということだ。マルクスの思想と対比してみるならば、フロイトの思想はさらに明瞭に浮かび上ってくるだろう。人間の本質を労働と見なすマルクス主義の公理、生産をもって歴史的社会の第一原理と見なす公理を、フロイトは必ずしも非難してはいない。それどころか、歴史における経済的なファクターは、現実原則の本質を形成するものとして、フロイトの理論の重要な一環をなしてさえいる。ただフロイトにとって、人間の本質は現実原則のなかに存するのではなく、抑圧された無意識の欲望、快感原則のなかに存する、というだけの違いであり、この違いが決定的なのである。いかに経済的貧困が人間を重く圧迫しようとも、人間はその本質において、ホモ・エコノミクス（経済人）もしくはホモ・ラボランス（労働人）ではなく、ホモ・エロティクスでなければならない、というのが精神分析の出発点であった。もし無意識が悪だとすれば、フロイト理論はそもそもの最初から、悪の側に加担していたと言うべきかもしれない。

ナルシシズムを悪とする見解に、私はあえて反対しようとも賛成しようとも思わないが、少なくともエーリッヒ・フロム氏とは、このナルシシズムに関して、かなり違った見地に立たざるを得ないことを認めなければならない。やはりフロム氏とは全く逆の立場から、実行原則の彼方でナルキソスの神話的イメージを救出しようとした学者に、「若きマルクス」の疎外論の研究から出発した、アメリカのヘルベルト・マルクーゼ氏がいるけれども、私は数年前、ウェスリヤン大学教授ノーマン・ブラウン氏の著書（『エロスとタナトス』）を読んで、年来の確信をいよいよ深める結果になったのである。以下の所論は、このブラウン氏の見解と私の空想とをごちゃまぜにして、自由に展開した勝手気ままなエッセイであり、もとより心理学でもなければ哲学でもなく、まあ、私自身の信仰告白を裏づけるための、一種の文学的覚えがきであると御承知おき願いたい。

＊

エロスの目的は、自我の外にある対象と結びつくことであるが、同時にまた、エロスは本質的にナルシシックであり、自己愛的であるようだ。本質的にナルシシックなオリエンテーションが、どうして外部世界の対象と結びつくことができるだろうか。しかし、この愛における自己と他者との二律背反《アンチノミー》は、もし快楽の具体的な現実、肉体の快適な活動と見なされたセクシュアリティの本義に立ちもどるならば、そしてフロイト理論において、自我の特殊な発達の過程を考慮するならば、おのずから納得されるだろう。フロイトは『文化の不安』のなかで、小児の自我感情の発達について述べ、最初は外界と区別されなかった自我が、外界から次第に分離し、成人してからも、多くの人間の精神生活においては、この一次的自我感情が残存しているということを指摘した。フロイトの専門用語をもってするならば、小児の自我は快感自我であって、現実自我ではなく、この原始的な自我は、その快楽の源泉、その宇宙、その母と同一視されるのである。だから、「私たちの現在の自我感情というものは、広範などころか全体を包括する感情の、収縮してしまった残存物にすぎない。この感情は、かつて自我と環境との密接な結合と照応していたのである。」この自我と環境との、自我とその快楽的な宇宙との、小児期における密接な結合の最初の経験が、人間のあらゆる性愛の図式を決定する。後になって対象愛が形成されたとしても、「正常な事情のもとでは、自我リビドーは自由に対象リビドーに転換させられ、この対象リビドーはふたたび自我のなかへ取り入れられる。」したがって、「真に幸福な恋愛は、対象リビドーと自我リビドーとが互いに未だ区別されていない原始の状態に対応するもの」(『ナルシシズム入門』)である。

フロイトによれば、小児期における最初の性欲動は中心をもたず、対象もなく、自体愛的であり、本質的にナルシシックである。そして、やがてそれは対象に転移されるが、ふたたび自我のなかに復帰する。つまり、一般に性愛とは、快楽の源泉と見なされた対象に到達するための、自我による努力の表現にほかならないのである。人間のリビドーは本来的にナルシシックである、と言ってもよかろう。リビドーは、みずから愛されるごとく愛するために、つねに一つの宇宙を求めるのである。

愛するための世界を求めんとする努力は、いわば自我の無意識の層において、人間の意識をみちびいているのかもしれない。「私はまだ愛したことがなかった。愛さんとして愛していた。私は愛することを愛して、自分の愛し得るものを探し求めていた」という聖アウグスティヌスの有名な言葉(『告白』第三巻)は、この間の事情を語るものと言えよう。

フロイトは、自我感情がある期間、全宇宙を所有するのみならず、また、エロスが自我をして、しばしばこの感情をふたたび見つけ出すべく駆り立てることを確認している。「自我の発達の結果、一次的なナルシシズムから隔離された小児は、これをふたたび獲得しようとして激しい努力をする」と。原始的なナルシシズムにおいて、自我は愛と快楽の宇宙と同一化されるが、結局、人間の自我の窮極の目的は、何度でも原始のナルシシズムに復帰せんとする、この同じ同一化の試みにほかならないのだ。自我のエロティックなエネルギーは、原始的な快感自我の無意識の試みのなかに存するであろう。アウグスティヌスは『恩寵と自由意志について』のなかで、「神が最初に私たちを愛したのでなければ、私たちは神を愛することができなかったろう」と述べているが、どうやらナルシシックな自我もまた、あたかも恩寵によるごとく、あらかじめ世界に選ばれ、愛されているらしいのである。少なくとも愛する以前に愛されることを経験しているらしいのである。

　ノーマン・ブラウン氏の意見によると、「快楽において世界と結合しようとする、フロイト的なエロスの窮極の目標は、神に対する知的愛という言葉でスピノザが定式化したような、人間の欲望の窮極の目標と本質的に同じもの」（『エロスとタナトス』）であり、スピノザの考える愛とは、きわめてナルシシックな性格のものだそうである。（ちなみに、フロムもまたスピノザに注目しているが、その観点および結論は当然のことながら、ブラウンのそれと完全に食い違っている。）まず、スピノザの体系では、神は自然の全体である。

「愛とは外部の原因の観念を伴える喜びにほかならない」（『エチカ』第三部）とスピノザは定義しているが、この「外部の原因」とは、フロイト的な意味における快楽の源泉であろう。「愛とは、愛する対象と結合しようとする愛する者の意志であるという定義は、愛の本質をではなく、その一特質を表現するにすぎない。むしろ私は意志ということを、愛する対象の現在の故に愛する当人が感ずる満足、と解する。」なるほど、この定義および説明を読めば、スピノザの考える愛が、愛する主体の満足ということに力点をおいた、きわめてナルシシックな欲望であることは自明であろう。スピノザにとって、人間の欲望の窮極目標、すなわち、「神に対する知的愛」は、喜びにおいて世界（神そのものである自然）と合一することであった。フロイトにおけると同様、スピノザにおいても、個人のエネルギーは自己の保存、自己の活動、そして自己の完成へと本質的に向って行くべき性質のものであり、それがただちに個人の快楽となるのであった。「幸福の欲望は人間の本質そのもの、換言すれば、各人が自己の有を維持しようと努める努力《コナトゥス》そのものである。」（『エチカ』第四部）

フロイトと同様、スピノザも決して早急な道徳的判断に走らず、――たとえば、「善および悪の真の認識は、それが真であるというだけでは、いかなる感情をも抑制し得ない。ただそれが感情として見られる限りにおいてのみ感情を抑制し得る」（『エチカ』第四部）

等の透徹せる認識を見よ、——もっぱら世界の臨床的記述のみを残し、それによって私たちの目に、私たちの自然（肉体）を決定した諸原因を明らかにして見せた。つまり、自由意志の幻影を否定し、私たちの日常のモラルの基礎を突き崩す深刻な決定論を提出したのである。しかしながら、人間の幸福の問題に関して、伝統的な西欧の哲学者とスピノザとをはっきり分かち、彼をしてフロイトの側に赴かしめるところのものは、何よりもまず、その快感原則に対する一貫した執着であり、その精神と肉体の二元論に対する断固たる拒否の姿勢であろう。スピノザの快感原則に対する執着は、彼をして人間の欲望の自己享楽的、ナルシシズム的性格を認識せしめる。人間の肉体の不完全さ、無能さは、エロスの目的に添うべく改造されねばならない、とさえ彼は主張する。「故にこの人生において、私たちはとくに幼児期の身体を、その本性の許す限り、その本性に役立つ限り、多くのことに適した別の身体に変化させるべく努めなければならぬ。」（『エチカ』第五部）

この「多くのことに適した身体」という願望は、フロイトが独特の用語で規定した小児の「多形性倒錯《ポリモルフ・ペルフェルス》」という概念と、まさに相似を示すであろう。あらゆる大人の禁制から自由な小児は、最初から豊富な性生活をもっており、それはたとえば次のような点で、正常な大人の性生活と違っている。すなわち、「第一には、種の限界（人間と動物とのあいだの懸隔）を無視すること、第二に、不潔感の限界を踏み越えていること、第三に、近親相姦の制限を破ること、第四に、同性愛を平気でやること、そして第五には、性器の役割を他の器官や身体部位に移すこと」（『精神分析入門』）である。小児にとっては正常な、大人にとっては異常な、これらすべての倒錯的願望は、しばしば成人の夢の背後にもあらわれ、この領域でもまた、夢の願望が幼児性への退行であることを証明しているのであるが、むろん、十七世紀のスピノザがそこまで見通していたわけではない。スピノザは、彼のいわゆる「多くのことに適した身体」を「神に対する知的愛」の物質的な対応物と見なしていたのである。すなわち、「きわめて多くのことに適した身体を有する者は、身体のすべての変化を神の観念に関係せしめる力を有する。この結果として彼は、神に対する愛に動かされる。そしてこの愛は、精神の最大部分を占有せねばならぬ」と。これを要するに、スピノザの考えた「神に対する知的愛」は、フロイト理論における小児の「多形性倒錯」とほとんど相似を示していることが理解されるであろう。ユダヤの神秘思想に養われたこの哲学者の神とは、もしこれを図像学的に表現するならば、中世のフランドル派の画家の描いた、あの聖クリストフォルスの背中に負われた幼児キリストのごとき神、つまり、子供の神であったかもしれないのである。

もしフロイト（およびスピノザ）のエロスが本質的にナルシシックな性格のものであったとすれば、――フロイト自身はこのことを意識していなかったけれども、――それはプラトン的なエロスとも、キリスト教的なアガペーとも区別されねばならぬであろう。プラトン的なエロスとは、欠乏と不足の産物である。それは欠乏した自我から出発し、この自我を補足してくれる対象を求めようとする。フロイト理論においても、対象選択の段階で、このプラトン的なエロスの残滓を認めることができないわけではないけれども、本来、幼児期における原始的なナルシシックなエロスとは、不足や欠乏を知らない、それ自身で円満具足した、いわば一個の完結せる卵のごときものであるはずだった。（人間の絶望や灰色の現実に関する臨床報告を提出しながらも、スピノザやフロイトが、あれほど晴朗な、あれほど高貴な精神の健康を保持し得た秘密もまた、おそらく、ここにあるにちがいない。）

これに対して、キリスト教的なアガペーは、自己犠牲という構造をふくんでおり、同じく自我の欠乏に基礎をおいてはいるものの、そこでは自我は他のいかなる対象によっても補足されることがなく、むしろ滅却されるのである。「愛するとは、自己を憎むことと同じことだ」とルターは言った。ルターにとって純粋性とは、愛の対象をその対象自体のために愛することであり、不純とは、愛の対象を自己のために愛することであった。つまり、ナルシシズム的愛は不純そのものだということになる。同じくカルヴィンは、自己愛をばペストだと称している。「愛とは、今までの自分を殺して、一個の別の自分になろうとすることだ」と聖アウグスティヌスは述べている。

精神分析の見地に立てば、プラトン的なエロスは攻撃的な要素と不可分であり、キリスト教的なアガペーはマゾヒスト的要素と不可分であろう。愛のナルシシズム的本質を明らかにしたフロイト説は、今日ではすでに時代遅れとなった。あのエロスとアガペーとのあいだの永遠の闘争をアウフヘーベンすべき契機をつかんだようにも思われる。いや、アウフヘーベンというよりも、これは全く別の基盤の上で成立し、それだけで自己完結した愛の一様式だというべきだろう。自己承認、自己活動、自己享楽といった愛の様式である。フロイト自身がナルシシズム的性格の人であったことは明らかであり、彼は後期の諸作品で、自己愛と対象リビドーとの相対的関係について、自分の理解が十分に及んでいないことを正直に告白している。「きわだって性愛的な人間は、他の人間に対する感情関係をまず第一にするだろうし、どちらかというと自己満足的なナルシシックな人は、自分の内的精神過程のなかに本質的満足を求めるだろう」（『文化の不安』）と彼は書いている。

フロムに言わせれば、このようなフロイトの自己中心的な関心は、十九世紀中産階級の特徴である所有への執着、欠乏への恐れ、また連帯意識の欠如として解釈されるのであるが、人道主義者フロムの敵視するハイデッガーやサルトルのそれをも含めて、人間意識の連帯よりも断絶から出発する心理学の方が、現代の私たちにとって、より説得力があるのは申すまでもなかろう。のみならず、この断絶は、フロイトの理論において、必ずしも断絶のみに終るものではない。『ナルシシズム入門』には、ナルシシズムが限度を越え、あり余ったリビドーが対象の上に割り当てられざるを得なくなること、すなわち、自我リビドーの鬱滞という現象について語られている。「はげしいエゴイズムが罹患の防ぎになってはいるが、しかしついには病気にならぬために相手を愛しはじめねばならず、また、拒絶されて愛することができなければ病気にならざるを得ない。その間の事情は、ハイネが世界創造の心理過程を想像して述べているのとほぼ同様である」と。

ナルシシズムとは自己完結の愛の様式であり、愛は本質的にナルシシックである、と私は前に述べたが、フロイトの思想には、互いに排除し合う二つの対立物と見なされた、自己と他者といった概念によって、その形而上学的な飛躍を抑制されている部分もあるようだ。これについては、神話と詩におけるナルキソスのイメージが、別の方向を示唆するだろう。ナルキソスは必ずしも他者を必要とせず、自分の姿を映す鏡、水鏡さえあればよいのである。そしてヤーコブ・ベーメの神秘哲学においても、創造の心理過程には、神が自己の姿を映す鏡さえあればよいのだった。『黎明《アウロラ》』によれば、「創られも創りもしない神」である「無底」は「自己を見よう」とする。「無底」は鏡にたとえられ、この鏡に映して見られた自己が「心」である。すなわち、「無底の意志」は「父なる神」であり、「心」は

「子なる神」である。鏡はすべての創造の原型、種子を宿すところのものとなり、意志としての神は、ただ鏡に見入ることによって「自然」の創造に進むのである。この壮大なナルシシズムの天地創造説は、もとよりフロイト理論には窺うべくもなかろう。ここでは、ナルシシズムは自己享楽の源泉、遊びの源泉であって、そのままエロティックな充溢、豊饒の氾濫である。ニーチェもまた、ツァラトゥストラに次のように語らせている、「わたしは愛する、あふれるばかりに満ちた魂をもつために、自分自身を忘れ、一切の事物を内に蔵めている者を」と。さらにまた、「至福な我欲は無病健全なものであって、力強い魂から、高い身体に伴う力強い魂から湧き出る。美しく、勝ち誇って、見る者をさわやかにし、あらゆる事物が鏡となる身体、しなやかな、説得力ある身体から湧き出る。みずから楽しむ魂は、かかる舞踏者なる身体の比喩であり、精粋なのだ」と。

＊

精神分析の方法は、形而上学の夢と、夢の生理学とを結びつけようとする。そして自己愛的なエロスと、純粋な快感自我との生理学的な基礎は、幼児と母の乳房、幼児と母胎、幼児と子宮とのあいだの関係である。フロイトは『性に関する三つの論文』のなかで、「小児が母の乳房を吸うことが一切の愛情関係の原型になっているのは、決して理由のないことではない。性的対象の発見は、要するに過去への復帰なのである」と書いたが、この精神分析学上の発見は、すでに宗教や文学の神秘主義が、聖母崇拝とか幼児崇拝とかいった象徴的な形で漠然と予感していたものであった。「永遠に女性なるもの、われらをみちびく」である。ファウストは、私たち人類の永遠の不満足の化身であって、「永遠に女性なるもの」と休みなく戦った末、最後に「母たち」のみちびく雲に乗って運ばれつつ、救済を得る。しかし、この文学や宗教の長い苦難にみちた闘争の歴史を、あたかもアラビヤン・ナイトの「魔法の壺」のように、一つの体系のなかに封じこめた精神分析学は、はたして私たちに何らかの救済をもたらすものであろうか。

　子供は母の乳房を吸いながら、あの永久不変の理想化された、最初の状態を知るのである。それは「対象リビドーと自我リビドーとが未だ互いに区別されていない」至福の状態である。哲学用語で言い直せば、母の乳房を吸う子供の至上の喜びは、主体と客体の二元論によって未だ損われていない原始の喜びであろう。不幸なことに、人間はこの最初の経験以上の喜びを、成人してから後もついに発見することができず、わずかに夢のなかで、そのささやかな追体験を味わっているにすぎない有様なのである。最初の経験は理想化され、人類の歴史的な記憶に刻みこまれてしまったのである。共産主義が階級制度や国家の廃絶を、その革命のプログラムにのぼせたように、もし精神分析革命というようなものが考えられたとすれば、そのプログラムには、必ずや「失われた幼児の王国の再発見」というスローガンが書きこまれねばならないだろう。人類がその病気から、その不満足から逃れることを可能にする終末論を、フロイトは提案したはずなのであった。人間の歴史とは神経症の歴史なのだから、人間が病気から回復すれば歴史は終らなければならない。ただ、フロイトは詩人でもなく、革命家でもなく、科学者として最後まで二元論に執着した。現実原則と快感原則、経済と愛、労働と遊びの対立が克服されない限り、人類は永遠に不満足と病気から逃れられないだろう、と精神分析はペシミスティックに教えている。それかあらぬか、アメリカの新フロイト学者や社会学派は、もっぱら既存の体制の枠内で、ヒューマニズムの糖衣をかぶせた治療という名の甘いユートピアを大衆にあたえており、一方、別のユートピアを調剤したウィルヘルム・ライヒは獄中で狂死し、その遺著がノーマン・メイラーその他ビートニク作家の聖書となっている、といった状態なのである。しかし――

しかし、私はノーマン・ブラウン氏とともに、少なくともフロイトのスキャンダリズムはまだ有効性を失っていないのではないか、と考えたい。一九二〇年以後、フロイトの著作のなかで、性本能と自己保存本能との二元論的対立は、エロスと死の本能（あるいは攻撃本能、破壊本能）の対立に置き代えられた。フロイトの後期の作品では、人間的自然の基本的な対立は、飢えと愛ではなくて愛と憎悪であり、愛と攻撃であり、愛と権力意志であった。しかし前にも述べたように、人間の最初の経験、人間が無意識に享受していた最初の快楽の経験は、単に労働と遊びの対立から免れていたばかりか、また愛と憎悪のアンビヴァレンツからも免れていたはずなのである。フロイト自身、自分の二元論をおびやかす絶対的ナルシシズムの形而上学に困惑をおぼえたらしく、しばしば、愛と憎悪のアンビヴァレンツが原始の幼児期からすでに存在しているかのごとく述べているが、しかし、自分の学説をまだ練り直す以前には、その反対のことを彼も言明していたのだった。

私の思うに、もし精神分析がユートピアを仮定するとすれば、それは歴史の発端と歴史の終末とに二つ仮定しなければならない。子宮内の胎児は、絶対的ナルシシズムのユートピアを生きていた。もう一つのユートピアとは、何か。申すまでもなく、死である。

「少年の日々は、どこか私たちの時間の外に拡がっているようである。私たちの誰もが想い出す、この少年の日々は、ほとんど永遠のように思われる。なるほど、子供を育てる大人たちは、彼らの時間の概念をきびしく子供に課する。しかし子供は、その本質からしてほとんど無限な子供の時間のなかに、大人によって課せられた大人の時間を、自分には関係ない、ある敵意をふくんだ侵入のようにしか感じない」(『クロノス、エロス、タナトス』)とマリー・ボナパルトは書いているが、たしかに幸福というものがあるとすれば、それは無時間性、永遠のなかにのみ存するであろう。「時よ、とまれ」と叫ぶすべてのファウスト的人間が考える幸福概念は、必ず、あらゆる活動の停止した状態、休息、ニルヴァーナ、永遠である。それは別の言葉で言えば、死にほかならない。

『快感原則の彼岸』で展開されたフロイトの死の本能説には、三つの要素があり、ニルヴァーナ、反復衝迫、マゾヒズムがそれぞれ死の一面を代表しているように見えるが、ノーマン・ブラウン氏の意見によると、このうちニルヴァーナ原則は有機的生命一般のものであり、反復衝迫は動物だけのものである。人間と動物とのあいだには、文明がつくりあげた越えがたい非連続の要素がある、というのだ。ブラウン氏は、完成するにいたらなかったフロイトの晩年の説を修正するつもりなのである。つまり、動物の反復衝迫に対応するものは、人間の快感原則であって、人間は本能の抑圧によって、もともとスタティックなものであるべきニルヴァーナ原則を、ダイナミックな快感原則に変化させてしまった。快感原則と人間、生命一般とニルヴァーナ原則とを同一視するならば、この地球上で、人間のみが神経症的な動物である、という結論になる。神経症的な動物とは、換言すれば、不満足な動物ということであり、一般に動物の活動を支配している緊張と緊張放出とのあいだのバランスを、人間のみが失っているということだ。人間の快感原則がたえず一定量の経験を求めるのは、本能の抑圧という状態における、本能の満足のためにほかならない。

ところが、抑圧によって、満足はつねに得られない。このたえず動いている快感原則は、神経症の場合における健康への努力にも比較され、努力すればするほど、ますます病気の徴候があらわれるのだ。フロイトの言う通り、神経症の進行は、治癒への試みとして理解される。

だから、人間が抑圧の歴史を終焉《しゅうえん》せしめ、その本能の永続的な満足を得るためには、このたえず動いている快感原則を、ニルヴァーナ原則に転化せしめねばならない。つまり、緊張と緊張放出のあいだの安定したバランスを獲得しなければならない。もしフロイトの言うように、ニルヴァーナ原則が死の本能に属し、快感原則がエロスに属するならば、抑圧なき満たされた生命の休息の状態(動物にひとしい状態)は、この二つの本能の統一でなければならない。ここで初めて、たえず動いてやまないファウスト的人間は、自己満足、自己肯定を得るだろう。これは別に変った意見ではなく、昔ながらの宗教的な熱望と同じものであり、精神分析は宗教の基盤を再確認するのである。もしニルヴァーナという言葉が、有機的生命の最も内奥の形式のリズムを表現しているとすれば、ニルヴァーナはそのまま、仏教の最も崇高な熱望と一致するだろう。

死とニルヴァーナとを同一と見なすフロイト説を認めるならば、この生と死との統一は、歴史過程の終末としてしか考えられないにちがいない。フロイトのペシミズムは、弁証法よりも二元論を好み、歴史的終末論の説を立てることを極力避けているが、いかに人間が自然から離れ、本能から離れたかを観察することは、同時に歴史を一つの神経症として見ることにほかならず、神経症としての歴史は無意識のうちに、歴史の廃絶への方向に、自然との再結合への方向に、ニルヴァーナへの方向に動いていることを認めなければならない。繰り返して言えば、生と死との統一が失われた結果、人間は歴史的動物になったのである。たえず動いている快感原則（ニルヴァーナ原則の病的な発現）が、人間をファウスト的人間たらしめた。ファウスト的人間とは、歴史によって作られた人間である。もし抑圧が克服されれば、ファウスト的人間の不安にみちた生は終焉する。もはや「時よ、とまれ」と叫ぶ必要がなくなるからである。「不安がなければ時間は現実的な存在ではない。絶対に苦悩を知らない動物にとっては、時間は存在しない」と言ったキルケゴールは、精神分析学者の眼で歴史を眺めていたのである。

「私たちの多くにとっては、精神的活動と倫理的昇華の現在の段階へと人間を引き上げ、さらに超人にまで発展することを約束するはずの完成への衝動が、人間自身のなかにあるという信仰を断念することは困難であろう。しかし私は、このような内的な衝動を信じないし、このような快い幻想をまもる手段を知らない。人間の今日までの発展は、私には動物の場合と同じ説明で事足りるように思われるし、少数の個人において、完成へのやむなき衝迫と見られるものは、衝動抑圧の結果として理解されるものである」(『快感原則の彼岸』)とフロイトは言っている。その通りにちがいない。動物と人間とを区別するものは抑圧であり、抑圧の結果、反復衝迫は人間の眼を現在から外らせて、過去へ定着させたり、あるいはまた、未来のなかに無意識に過去を求めさせたりするのである。こうして神経症的人間は、「見出された満足快感と求められたそれとの相違から、つねに新しいものを求め、詩人の言葉にある通り、『束縛を排して休みなく前へと突き進む』ことを余儀なくされる」のである。しかしながら、本能の段階では、純粋な反復衝迫が認められる。神経症的動物である人間のもとでは、この本能的な衝迫が逆のものに変化し、たえず新たな経験に赴かしめるが、新たな経験の探求の無意識の目的は、じつは反復なのである。抑圧の歴史は、「失われし時を求めて」たえず前進する。(ミルチア・エリアーデ氏の「祖型と反復」は、これを集合的無意識の見地から理論化したものであろう。)

要するに、抑圧の存在するが故に、反復衝迫は快感原則の対立物となり、デモーニッシュな、外傷性の拘束となるのである。ブラウン氏の意見によると、フロイトはこの点でも、ニルヴァーナ原則をまず最初エロスとし、次いで死と見なしたのと同じ誤りを犯しているという。「快適な体験でも、小児は反復に倦むことを知らず、かたくなに同一の印象に固執するであろう」とフロイトは書き、大人の場合には、その反対に、「つねに目新しさが享楽の条件であろう」と書いている。しかし心理学的な見地からすれば、子供は自然状態を代表しているのだ。自然状態における動物のもとでは、快感原則と反復衝迫とのあいだに、いかなる矛盾対立もないのである。反復衝迫（本能の保守的傾向）とは、種のそれぞれの成員に種の本質の制約を課し、その種にふさわしい生活を楽しむことを各個に要求する、一つの生物学的原理であるように思われる。不満足な動物である人間のもとでは、この反復衝迫は、過去への退行的な固着となり、人間をして無意識のうちに、何物かになろうとする欲望を起さしめる。人間という種にふさわしい生活を求むべく、無意識のうちに、人間をして人間（動物としての人間）ならざるものに変化させる。かくて、人間は人間という病人になるのである。もし抑圧が克服され、人間がその種にふさわしい生活を楽しむことができるようになったら、過去への退行的な固着は消滅し、目新しさを求めるという人間の狂的な欲求は、快適な反復の欲求のうちに吸収されるであろう。なろうとする（当為の）欲求は、あること（存在）の満足のうちに吸収されるであろう。

たえず変化を求めるのではなく、永遠の相の下における満足としての、休息としての活動の概念を、ここで考察してみる必要があろう。仏教のニルヴァーナも、キリスト教の楽園《パラダイス》も、このような憧憬に対する一つの宗教哲学的解答ではあろう。しかし、これこそまさに快感原則の彼岸にあるものだ。完全状態における運動なき活動という概念を、倫理的にも形而上学的にも、最も高い価値を有するものとした哲学者は、「不動の動者」という言葉によって神をあらわしたアリストテレスである。たとえば、建築なるものは、建築中には建築し終っていない（まだ可能性を残している）が、「見る」という活動は、見ている時も見終った時も見つづけている。この意味で完全に現実的である。また一方、建築のごときは、その活動がその終り（完成）ではないのに、「見る」という活動は、見ることとそれ自体がその終りである。このように、ある意味できわめて快楽主義的であるアリストテレスの目的観は、それ自体がその目的であるような自己完結的、自己目的的な活動をつねに高く評価していた。彼によれば、完全な活動の典型は神である。「神はつねに唯一にして単純な楽しみを味わっている。何となれば、運動の活動のみならず、不動の活動というものが存在するからで、楽しみは運動よりもむしろ休息のうちに存するからである」（『形而上学』）と。私たちはこの言葉のあとに、さらに「必要によって生じたのではないあらゆる活動は、無目的であり、従って遊びの活動である」とつけ加えることもできよう。ヤーコブ・ベーメが神の活動を、それ自体一つの遊び、鏡をのぞく遊びと考えたのも、かかる理由によろう。永遠とは遊びの相であり、神の活動はともするとナルシシックなのである。

＊

さて、こうしてフロイトの死の本能説における三つの要素のうち、ニルヴァーナ原則、反復衝迫について述べてきたわけであるが、この二つの傾向は、結局のところ、抑圧解除と完全な満足を要求する、むしろ快感原則と呼ばれるにふさわしい、本能の呼び声に密接に結びついた二つの傾向であると言うことができるだろう。これを「死の本能」と表現したフロイトの真意が解らない、とブラウン氏は疑問を投げているが、私たち東洋人には、死にまでいたる寂滅の思想が存在することを必ずしも理解し得ないわけではなく、宗教的精神的な安楽死のごときものも、ただちに頭に思い浮かぶくらいである。それはさておき、フロイトの死の本能のうちでも、最も解決困難な、最も不吉な相貌をあらわすものがサド＝マゾヒズム・コンプレックスであろう。言葉の本来の意味から死の本能と呼び得るものは、おそらく、これのみではないかと思われる。

このサド＝マゾヒズム・コンプレックスは、人間に特有な愛と憎悪との、愛と破壊との、自己愛と自己破壊とのアンビヴァレンツの観察から出発している。聖アウグスティヌスにとってと同様、フロイトにとっても、人間の運命は楽園喪失の苦悩であり、ふたたび楽園を見出さんがための絶望的な努力である。しかし歴史の発端と終末のあいだで、人間はつねに自己自身に対して闘っているのであり、アウグスティヌスの言葉を借りれば、真の愛と支配欲（権力意志）とに、こもごも引きずられているのである。精神分析の用語をもってすれば、人間的自然の内部で行われている隠微な葛藤は、無意識のものであり、エロスと攻撃本能との二元論が生ずるのも、そこからである。「しかも死の衝動は、私たちがエロスとともに見つけ出したものであって、エロスとともに世界を支配しているのである。エロスと死との闘いこそ、生命一般の本質的内容だということになる。」（『文化の不安』）フロイトは最初、マゾヒズムを内部へ向けられたサディズムの部分衝動、自我自身に対するサディズムの反転として理解していたが、晩年、死の本能説にしたがって、マゾヒズムを退行の原理そのものと一致させるようになった。すなわち、マゾヒズムを一次的なものと見なし、サディズムは破壊の衝動が外向化して、エロスと融合したものと考えた。フロイトは生涯の終りまで、人間の生れながらの攻撃衝動と破壊本能について語りつづけ、あたかもその両者が死の本能であるかのごとく信じていたらしい。

　しかし、権力意志や支配欲といった形であらわれた、死の本能の外向化は、厳密に人間的な現象として捉えるべきではなかろうか。「すべての生命が志向する目標は死である」というフロイトの公式をそのまま受け取ると、少なくとも生物学的な領域では、生命と死とは闘っているのではなくて、むしろ同一物の裏と表だという印象をあたえられる。つまり、ある種の弁証法的な契機によって、生から死への転化が行われる、といった印象を受けるのだ。ちょうどヘラクレイトスが、「人間は生きていようと死んでいようと、眼ざめていようと眠っていようと、若かろうと老いていようと同じことだ。ちょっと逆転すれば、一方は他方になり、また他方は一方になる」と言ったのと似ているような気もする。結局、有機体の世界では、生命と死とは一種の融合状態にあり、人間の場合にのみ、それが二つに分離するのではないか、と思われる。抑圧された人間の場合にのみ、この二つは対立物となって闘争するので、有機体一般の世界では、そんな闘争はそもそも起り得ないのではないか。そうだとすれば、「エロスと死との闘いこそ、生命一般の本質的内容である」というフロイトの見解は、正しくないということにもなろう。

「人間と動物との違いは、人間が死者に対して心を配るということである」というウナムノの言葉を引用して、ブラウン氏は次のように述べている。「死者を墓に納めるという奇妙な習慣をもった人間を、ゴリラやチンパンジーやオランウータンは、きっと弱い劣った動物と見ているにちがいない。人間と動物との違いは、死の意識ではなくて、死を忌避する願望なのである」と。動物にとって、死は生の一部をなすものであり、死の本能は、単に彼らが死ぬのに役立つだけのものだろう。攻撃衝動は、彼らの自己破壊の欲望を外部へ向けさせ、死の欲望を殺戮の欲望に変化せしめる。要するに動物にとっては、死の欲望も生の欲望も、その無時間の世界で過不足なく満たされるのだ。人間にとってはどうか。ブラウン氏は「死を忌避する願望」を指摘し、また、それと関連して「死の抑圧」説を提出する。すなわち過去に固着し、老いることを拒否する傾向である。生物学的な領域では、有機体は歴史をもたず、永遠の現在において生きることも死ぬことも（従って老いることも）全く等価であるのに、人間的な領域では、抑圧によって幼年期の過去に固着した、生と死との本能の統一が破れる。生の本能（エロス）も抑圧されるが、死の本能もまた抑圧されざるを得ない。動物は自由に死に自由に生きるが、人間は抑圧された性本能のおかげで、自由なエロスを享受することもできず、また抑圧された死の本能のおかげで、死を肯定することもできない。自由に死ぬこともできない。かくて死を忌避することになり、老いることを拒否することになる。

そうしてみると、人間は、生と死との生物学的な統一を二つの矛盾対立した方向に分裂せしめ、この二つをいずれも抑圧してしまった動物である、ということができるかもしれない。生と死との生物学的な統一が破壊されたため、人間において、ニルヴァーナ原則は快感原則となり、反復衝迫は幼年時の過去への固着となり、死の本能は否定性の攻撃原理となったのであろう。快感原則と、過去への固着と、攻撃的否定性こそ、まさに人間に特有の三つの性格であって、抑圧された人間文明に特有な存在様式、動物のもとでは絶対に見られない存在様式なのである。

人間は動物ではないから（つまり抑圧された動物だから）、死の本能を肯定するのは、一般にきわめて困難である。そして抑圧の現実がある以上、死の本能が危険な役割を演ずるのも自明であろう。外部へ向けられた攻撃本能ばかりでなく、内部へ向けられた破壊性についても同断である。カール・メニンジャーの『おのれに背くもの』を一読すれば、いかに多くの者が死を望み、死にあこがれ、みずから自己破壊のエネルギーの犠牲となっているかを知ることができる。破壊のエネルギーを内部に向け、敵と闘わずに自分と闘い、自分をほろぼす人間もまた、自分だけを愛しているのであり、小児的なナルシシズムの固着をもっているのである。「死の衝動が性的意図をもたずに現われてくる場合でさえも、さらに、この上なく盲目的な破壊的激発の場合においてすらも、その満足は、異常に高度の自己愛的享楽と結びついている。」（『文化の不安』）一個の完結した卵であるナルシシズムは、そのなかに「神に対する知的愛」をもふくんでいれば、また恐ろしい死の毒をもふくんでいたのであった。

外部に向けられようと内部に向けられようと、死の本能がヒューマニズムで擁護される性質のものでないことは当然であるが、その顕現の仕方、その程度によっては、積極的に非難すべき根拠を明示することもまた、むずかしいと言わねばなるまい。ナルシシズムも死の本能も、その生きた手本は動物であり、また子供であって、分別ある正常の大人は、少なくとも抑圧の文明社会では、ついに彼らの健康な倒錯を真似するわけにはいかないのだ。社会もそれを心得ていて、未成年者には刑法上の責任能力を認めていない。責任能力とは、また何という抑圧的な言葉であろう！　たぶん、子供と動物の王国は、アンチ・ヒューマニズムの秘密の王国であって、私たちも一度はその王国に棲んだはずなのであり、その王国にあこがれているはずなのである。

死の本能とは、最も理解しがたい衝動のように思われるかもしれないが、歴史はじまって以来、死ぬことに失敗した人間はひとりもいないのである。このことの不思議さを考えてみる必要がありはしないか。メニンジャー氏も言っているように、「人は誰でも結局は死ぬことに成功する。言葉を変えて言えば、生きたいと思う願望が、たとえ一時的にもせよ、死にたいと思う願望に勝つことがあるのは、なぜだろうか。」――この答えは皮肉だが、メニンジャー氏よりももっと極端に、死という生物学的必然を、歓びをもって受け入れよ、と説いた哲学者もかつていなかったわけではない。超人の可能性を夢みたればこそ、ニーチェは生を肯定すると同時に、また死をも肯定することができたのである。「完全になったもの、一切の成熟したものは、死ぬことを欲する！」（『ツァラトゥストラ』）そして次のニーチェの説明は、いかに本能の抑圧が、死を忌避せんとする願望を生み出すかを示している。すなわち、「しかし、一切の未熟なものは生きることを欲する、悲しいかな！悩むものはすべて言う、『私は相続者を欲する。子供たちを欲する。私は私自身を欲しない』と。」

私自身を欲しない者は、非ナルシシックな人間であり、ニーチェによれば、それこそ未熟な人間なのである。抑圧されたヒューマニティーが表明する、このような時間の強迫観念に対して、ニーチェは力強く反復の永遠を肯定する。「しかし、歓楽は相続者を欲しない。子供たちを欲しない。歓楽はおのれ自身を欲する。永遠を欲する。回帰を欲する。一切の自己同一を欲する」と。ニーチェのいわゆる超人とは、精神分析学的にパラフレーズすれば、自己完結的な欲望の様式をもった、一個の強靭なナルシシストだということになろう。ナルシシスト的生命、抑圧されざる生命、すなわち「歓楽」と呼ばれるところのニーチェ的な生命は、永遠を欲しつつ、また同時に死ぬことを望む。永遠は、かくて過去と未来との強迫観念から解放されるための一方法であり、現在のなかで生き、かつ死ぬための一方法ともなるのである。

ここで、最後にふたたび、スピノザによって、ニーチェによって称揚されたナルシシズムおよびネクロフィリア（あるいは死の肯定）は、はたして悪であろうか、という最初の設問にもどらねばならない。しかし、カントの定言命法がすでに時代遅れであるのと同様、近代のニヒリズムが要請するもろもろの悪を、内容的に規定し断罪することは、ほとんど無意味であろう。ニーチェの目も、つねに善悪の彼岸に向かっていた。精神が二元的に生から死を分離させると、死は分解させ、解放する力となり、したがって死の世界は淫蕩の世界と化する。——これは『魔の山』のなかのゼテムブリーニの言葉であるが、死の問題を考えるたびに、いつも私の耳に鳴りひびいてくる、甘いささやきのような言葉である。ナルシシズムが連帯意識の欠如を示すとしても、死の連続性は、より大きな連帯、より大きな共同体のなかに、最後に私たちを融かしこむであろう。

苦痛と快楽——拷問について

苦痛と快楽の相似

じつに単純明快な事実から述べるが、拷問とは、人間の発明したものである。人間的領域に属するものである。どんなに残虐野蛮な行為であっても、動物のそれは、すべて生物学的必要から出たものであって、拷問の場合のように、たとえば宗教上の信仰や思想上の信念をくつがえすために、同じ人間が人間を責め苛《さいな》むといったようなことは、動物の世界では絶対に起り得ないのである。こうしてみると、明らかに人間的領域に属する拷問なるものは、やはり動物のもとには絶対にあり得ないエロティシズムに似て、一つの心理学的な探求だということができそうである。

「猥褻行為が羞恥心の冒瀆的逆転であるように、拷問は憐憫《れんびん》の冒瀆的逆転である」とティエリ・モーニエが書いているが、たしかに、拷問は猥褻行為に似て、非連続の人間が連続を求めるための手段、ほとんど絶望的なコミュニケーションのための手段であると見なすことができるようである。

エロティックな行為において、男が女を裸にするということは、彼女の羞恥心とともに、彼女を一個の非連続の存在たらしめる、不可侵性の被膜をも剝奪することでなければならない。羞恥心を剝奪され、衣服を剝奪されて、彼女はあたかも武装解除されたように、存在の普遍的な連続性に対して、開けっ放しの状態になる。猥褻とは、このように個体の非連続の秩序を狂わせ、日常的な社会生活の形態を打ち破る、不安定な開けっ放しの状態を意味する。つまり、衣服を脱がせるということは、おしなべて私たちの生の非連続的な形態を解体せしめるところの、エロティックな行為の第一歩なのであり、オルガスムが、その解体の最終的完成なのである。

このエロティックの過程と完全に符節を合わして、拷問台に立たされた人間は、まず、人間が人間に対していだくべき憐憫の情を剝奪される。彼は、拷問執行者に対して憐憫の情を要求することができないのである。死の連続性に道をひらいた、この不安定な開けっ放しの状態は、エロティックの行為における猥褻な状態、裸にされた状態ときわめてよく似ている。ただ、二つの個体のあいだに断絶されたコミュニケーションを、一方は快楽によって、他方は苦痛によって、回復しようとする点が違っている。拷問の最終的完成、拷問のオルガスムは死である。かくて、いずれの場合も、非連続の個体が連続のなかに解放される。

キリスト教の偽善は、肉体に苦痛をあたえることによって、私たちの肉体的関心を、肉体から精神へ引きもどすことができる、と考えた点にあった。肉体をして肉体が犯す過ちを避けしめるために、これに最大限の苦痛をあたえること、——これが、中世の僧侶によって考えられた、いわゆる禁欲的精神、苦行の目的であった。肉体から意識を離脱させるためには、できるだけ肉体を虐待し酷使すればよい、と彼らは考えた。精神を肉体から完全に独立させ、精神を支配者の地位につかせるのに、苦行ほど適切有効な手段はあるまい、と彼らは考えた。しかし、この考えは間違っていた。精神は肉体からの完全独立をいっかな果たし得ず、しばしば肉体の共犯者となって、挫折した。つまり、苦痛と快楽とは見分けがつかなくなり、精神の肉体的関心は、どこまで行っても肉体的関心にとどまったのである。

異端糾問官の拷問や、思想犯に対する警官の拷問は、さらにもっと陰険な、偽善的な快楽である。

拷問執行者のひそかな快楽は、必ずしも相手の肉体の苦痛を眺めることだけではないのである。肉体の苦痛とともに、相手の精神がよろめき、耐えられるぎりぎりの限界を越え、ついに肉体の共犯者となって屈服してしまうという、その精神の裏切りの過程を眺めるのが楽しみなのである。それはあたかも、愛の経験にとぼしい初心な純潔な娘に、愛の技術や快楽を教えこむという、道楽者の誘惑の楽しみによく似ている。純潔な処女が道楽者の誘惑によって、我にもあらず肉の快楽に負け、その精神が肉体の共犯者となって屈服してしまうのは、ちょうど思想犯が拷問の苦痛によって転向する過程とそっくりであろう。ボードレールが言ったように、たしかに肉欲の行為は拷問に似ているのだ。苦痛と快楽とは、その精神と肉体におよぼす作用において、相似の形を示すのだ。

拷問の動機分類

ロラン・ヴィルヌーヴの『拷問博物館』（パリ、一九六八年）という本によると、人間が拷問や体刑を科する動機には、次のような雑多な種類がある。

(1)**戦争の後遺症**。——戦争に勝った部族が、負けた部族をしてふたたび武器を執らしめないために、あるいは彼らの生殖能力を断つために、必要とされる身体器官を切除して、彼らを奴隷化することがある。

(2)**復讐**。――アメリカ・インディアンは、しばしば敵の頭皮を毛髪のついたまま剝がして、記念の戦利品とすることがある。また原始民族のあいだで行われる首狩り、戦勝記念の祝宴における人肉嗜食《ししょく》なども、これに類したものである。

(3)**宗教**。――古代オリエントの犠牲宗教（バール、モロックなど）では、宇宙の正常な運行を神に祈願するために、子供や女を生贄《いけにえ》として神に捧げた。インドでは、農作物の豊饒を祈願して、カーリ神に生贄を捧げた。

(4)**魔術**。――ある種の軟膏や水薬や蠟燭をつくるために、妊婦の腹を割いたり、健康な男性の器官を摘出したりする。十七世紀フランスにおけるギブール師の黒ミサでは、赤ん坊を殺して、その血を聖杯のなかに集めたという。

(5)**刑罰の欲求**。――刑罰の恐ろしさを強調するために、中世ヨーロッパや中国では、まことに残忍な拷問の手段を用いた。

(6)**実利的な動機**。――盗賊や強盗が金品を強奪するために、猿ぐつわを嚙ませたり、火傷や切り傷を負わせたりして脅迫することがある。子供や女に対する営利誘拐も、これにふくまれる。

(7)**自白の強制**。――かつては裁判の予審で、判事がこれを行うのが普通であった。スペインの異端糾問、軍国主義日本の特高警察、ナチスのゲシュタポ、ソヴィエトのゲーペーウー、アルジェリアのフランス軍隊、等々。

(8)**いわゆる科学的研究。**――戦争中、日本の九州大学医学部が、アメリカ飛行兵の捕虜に対して行った生体解剖の実験は、今なお私たちの記憶に生ま生ましい。

(9)**エロティシズム。**――拷問は、一般に犠牲者の着物を剝いだり、肉体器官を露出させたり、血を流させたりすることによって、多かれ少なかれ、拷問執行者のサディズムを満足させるものである。純粋に実利的な手段のように見える拷問（たとえば鞭打）にも、かくれたエロティックな動機がふくまれていることが多い。

美術にあらわれた拷問の考察

世に拷問愛好者が多いのは、エロティシズムの愛好者が多いのと同じ理由で、べつに異とするには当らない。彼らは、かつての拷問器具や処刑具の高度の洗練や、それによる血みどろの死を愛惜し、拷問が行われなくなった現代の、ヒューマニスティックな風潮を歎くことしきりである。アッスルバニパル王やトルケマダの偉業を偲ぶのに、彼らはもはや想像力に頼るしかないのである。もっとも、サドやミルボーやバタイユの貴重な著作が残っていて、彼らの想像力を刺激してくれるし、宗教芸術の口実のもとに制作された、サディスト的本能をたくみに隠蔽した、幾多の絵画作品や彫刻作品があって、彼らの目を存分に楽しませてくれるのは事実である。

　ミケランジェロのソドムの刑罰の図、オルカーニャやタデオ・ディ・バルトロの地獄の図、ニクラウス・マヌエル・ドイッチュの「キリスト教徒一万人の殉教図」などは、宗教芸術に名を借りた、血みどろ趣味のサディズム絵画だとしか言いようがないだろう。多くの画家によって描かれた「キリスト笞刑の図」にも、まことに奇妙な暗示と象徴をふくんだものがあって興味ぶかい。

　たとえば、中世スペインのカタロニアの画家ルイス・ボラッサの「キリスト笞刑の図」（カストル美術館）を見ていただきたい。

　二人の拷問執行者が両手で握りしめている笞《むち》の柄《え》は、明らかに勃起した男根を暗示してはいないだろうか。それに、彼らの逸楽的な表情や姿勢を見れば、画家がオナニズムのシーンをここに暗示していることは、ほとんど疑問の余地がないほどではあるまいか。ご丁寧にも、この笞の柄の男根からは、噴水のように三本の撚糸が飛び出してさえいる。これらすべては、画家のいたずらであろうか。それとも絵を依頼した貴族の註文であろうか。いずれにせよ、あからさまにキリストを冒瀆する、この大胆不敵な構図には、オナニスト

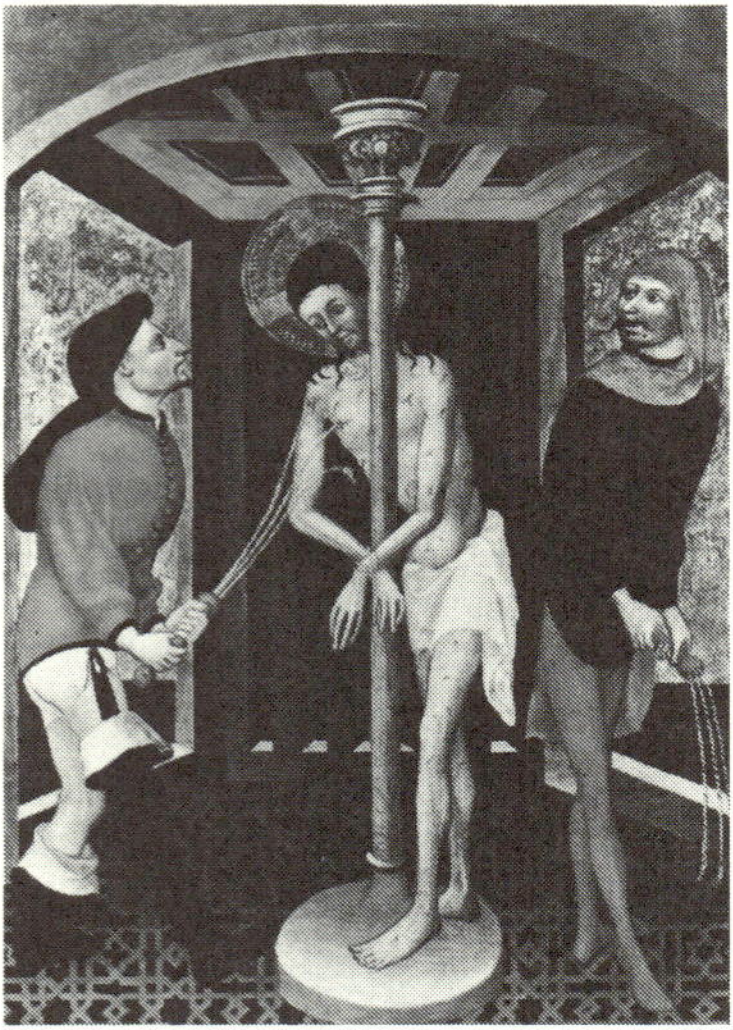

第１図　ルイス・ボラッサ「キリスト笞刑の図」

を悦ばせることを目ざした挑発的な画家の意図が、見え透いていると言うべきだろう。

もう一つ、現在スイスのバーゼル美術館所蔵となっている、ルネサンス期ドイツの代表的な画家の一人、ハンス・ホルバインの「キリスト笞刑の図」を眺めてみよう。

これはまさに性的倒錯者のオン・パレードではあるまいか。——おびえた若い娘のように、奇妙な恥じらいを見せて両脚を組んだキリストは、なにやらアンドロギュヌス（両性具有者）のような丸味をおびた身体つきを示して、拷問執行者に憐れみを乞うている。そのキリストを取り巻く拷問執行者たちのなかで、向かって右側で、力いっぱい笞をふるっている男は、股間に張り切った股袋を突っぱらせ、憎々しげな顔つきを露わにしたサディストでもあろうか。一方、左側には、まるで自分が笞で打たれてでもいるかのように、キリストの苦悶を自分の身の上に空想して、昂奮しているマゾヒストめいた男がいる。そして右端には、部屋の外から、この場景をひそかに覗《のぞ》き見している、不能者めいた老人の姿さえ見られるのだ。

この絵においても、練達の画家は、見る者をエロティックな情緒で昂奮させようという、あからさまな意図を示しているように思われるではないか。

第２図　ハンス・ホルバイン「キリスト笞刑の図」

もう一つの死刑反対論

法律などという学問には頭から興味のない私であるが、以前から、死刑にだけは特別の関心をいだいており、今度、故アルベール・カミュ氏の『ギロチン』(紀伊国屋書店)という本を読んで、いささかの感慨を催したので、思いつくままに、何か勝手なことを書いてみたいと思う。

最初にお断わりしておくが、私はカミュ氏と同じように、かなり熱烈な死刑廃止論者であり、その点では、この本の著者の論旨に反対すべき何の理由もないのである。ただ、死刑廃止が必要であると考える理由が、カミュ氏と私とでは大いに違っており、私はカミュ氏の立場を一応離れて、私自身の立場を少しく深く突っこんでみたいと思うのだ。

大げさに申せば、私は、一切の理想主義的倫理の絶滅を悲願としている人間であるが故に、そもそもの初めから、正義の観念や道徳感情と手を結んで誕生したところの死刑なるものに、反対せざるを得ない立場に立たされている次第なのである。——しかし、この点については、もう少し順序立てて説明した方がよかろうと思う。

唐突に話題を変えるようで恐縮であるが、私はかつて、深沢七郎氏が何かの雑誌に、次のような意味のことを書いているのを読んで、激甚な衝撃を受けたことがあった。すなわち、「私のおふくろはガンで死んだから、私もガンで死にたい」と深沢氏は言うのである。『楢山節考』の作者でなければ到底吐けない言葉であろうが、この苦痛をあえて求める非合理な欲求には、母親への感情が結びついているだけに、何かグロテスクなほど崇高なものがあるような気がして、私は、その文章を読んだとき、ほとんど戦慄をおぼえたのであった。

一般に、人間は苦痛を避けるものだと信じられており（人間ばかりでなく動物もそうだが）、好んで苦痛を求める人間は、心理学ではマゾヒストと呼ばれている。たとえば「戦争反対」という一つのスローガンがあるけれども、なぜ人間が戦争に反対するのかと言えば、正義の戦争であれ侵略戦争であれ、とにかく戦争が人間に苦痛をあたえるからにほかなるまい。

自分が傷ついても、敵を傷つけても、そこに一つの苦痛という生理現象が起ったことに変りはないのである。そして、もし戦争をやることに苦痛が一切存しなければ、どうして戦争に反対するのか分らなくなってしまう。とすれば、「戦争反対」のスローガンは「苦痛反対」のスローガンに書き改めてもよいことになりはしないだろうか。

べつだん、私はふざけているのではない。「戦争反対」は倫理や道義や、文化や政治や経済の領域に属するが、「苦痛反対」はもっぱら生理学の領域に属するというだけのことで、倫理や道義よりも生理学の方が下等だという議論は、成り立たないだろうと思うからである。いや、かりに生理学の方が下等であったとしても、少なくとも人間に安楽をもたらすという効果の点から眺めるならば、「戦争反対」よりも「苦痛反対」の方が、より広く包括的であろうと考えられはしないだろうか。さらに思い切って、戦争は賛成だが苦痛は反対だ、ということになったら、いったいどんな戦争がそこに成立するだろうか。ジャンケンでもして勝負をつける以外に手はあるまい。

さて次には視点を変えて、こんな問題を考えてみよう。——いったい、苦しむことは人間にとって必要なことであろうか、という問題である。なるほど、たしかに人間は苦しむことによって、崇高になるという場合があるだろう。それでは苦しまなければ人間は崇高にならないのだろうか。すべての聖人は、苦行や禁欲によってしか聖人になり得ないのだろうか。

一般に倫理観念ということの中には、克己心とか自制心とか自己犠牲とかいうことが含まれているらしいが、もし人間が少しも苦しまなくなれば、倫理そのものも無くなってしまうのか。とすると、人間にとっては倫理が必要である程度に、苦しむこともまた必要なのか。(むろん、正しく考えれば、以上の私の問題提起はすべて倒錯しており、現実原則に拘束された人間には苦しみが絶えないからこそ、それを和らげるものとして、すべての文化およびモラルが生じたのであろう。しかし私は、現実原則と快感原則とを故意に曖昧にしているのである。)

さらにまた、もし崇高へのやみがたい欲求をいだいている人があれば、その人にとっては、死刑が絶対に必要なのではなかろうか。なぜなら、カミュ氏も確言している通り、死刑こそ人間にとって最高最大の苦痛だからである。もちろん、世界の文明国で公開処刑が行われなくなって、すでに久しいから、聖者を夢みるマゾヒストも、すすんで法の裁きを利用しようなどとは思うまい。

しかし平和時ならばいざ知らず、革命や戦争の渦中にあって、処刑された英雄が聖化されるということは、現在でも頻々と起っていることではないだろうか。英雄讃美の思想は、死刑肯定の思想とどこかで関係がないだろうか。聖者が苦しまなければならないように、英雄も苦しまなければならず、少しでも苦しむことが彼らにとって必要ならば、その必要がただちに最高の苦しみを要請するということも、当然、認めなければなるまい。

とにかく、苦しむことと倫理とのあいだには、かように密接な友好関係が確立しているらしく思われる以上、死刑反対のための論拠は、どうしてもアモラル（無倫理）の立場からしか生まれてこないような気が私にはするのである。そしてアモラルな立場とは、エロティシズムの立場なのである。

エロティシズムと死とが楯《たて》の両面であることを知っていたサドは、そのアモラルな立場から、ほとんど天才的に、死刑反対のイデオロギーをみちびき出している。「死と馴染むためには、死と淫蕩な観念とを結びつけるより以上の方法はない」と言っていたサドは、苦行や禁欲のような倫理観念とは最も遠いところで、死とたわむれていた。ガンという、自分の肉体の内部から出てきた苦痛を、大事にしようと考えている深沢七郎氏の立場も、モラリスティックであるよりは、むしろはるかにエロティックであると言えるだろう。

西欧の歴史を一わたり眺めてみても、死刑の全面的な肯定者が、聖トマスからカント、ヘーゲルにいたる巨大な理性の信奉者たちであったことは興味ぶかい。どうやら死刑も法律である以上、ロゴスの領分に属するもののようである。法律ばかりでなく、権力や道徳が、いずれも一直線にロゴスの領域にならび立つものであることは、申すまでもあるまい。ところで、エロスは殺人や戦争とは容易に馴れ合うが、死刑ともやはり馴れ合う可能性があるであろうか。いや、可能性どころではなく、古代宗教の犠牲の祭儀や封建時代の公開処刑は、まさにエロティシズムの全的開花であった。しかし日本をふくめた現在の文明国におけるような、非公開の秘密の処刑では、カミュも論証しているように、それはもっぱら冷たい事務的なロゴスの管轄下にゆだねられ、よかれあしかれ、そこにエロスのつけ入る余地はあるまい、と思われる。

こうして死刑＝倫理＝権力が否定され、人間が苦しむことの意味が問い直されると、次に、ただちに私の心に、ほとんど自動的に、思い浮かんでこざるを得ないのは、まず第一に、安楽死の問題である。すでに何度も書いたことがあるけれども、苦しむ必要のないアモラルな人間にとっては、安楽死の積極的肯定は必然的になるであろう。これほど英雄的たることから遠い死に方はあるまい。

もう一つは、教育の問題である。私は、ジャン・ジャック・ルッソーのような教育気違いが、社会契約思想に基づいた死刑肯定論者であることを知っても、べつだん少しも驚きはしないのである。苦痛をあたえる教育を肯定するルッソーは、サドと最も対蹠的な思想家だからである。教育とエロティシズムの問題、――これはじつに、興味津々たる問題である。

死刑反対の思想も、安楽死肯定の思想も、倫理観念絶滅の悲願も、私にとっては、精神と肉体の二元論の克服への絶望的試みなのであって、むろん、単なる夢想であり、まさに悲願と呼ぶにふさわしく、それ以外のものではないのである。私はカミュ氏のように、ヒューマニズムの見地から、くどくど死刑反対の議論をするだけの根気はとてもない。もともと私は、アンジェリスム（天使主義）か野獣主義か、どちらかを信じるだけで、ヒューマニズムにはさっぱり縁のない〝人間〟（言葉の矛盾だが）らしいのである。

アラジンのランプ――「千一夜物語」について

プルーストの『ソドムとゴモラ』第二部第二章に、次のような文章がある。

「昔、コンブレでそうだったように、母は私の誕生日に本を贈物にくれたが、私を驚かせようと、内証で、一度にガラン訳の『千一夜』と、マルドリュス訳の『千一夜』とを取り寄せた。しかし、この二様の翻訳を一瞥した後で、彼女は、自分は女だから、自分を厭な気分にするということを標準にして、若い男の読書傾向を判断してはいけないという気持から、私に内心を知られてはいけないとは思いながらも、ガラン訳の方を手にして貰いたかったに相違ない。マルドリュス訳の方で、いくつかの挿話を偶然、目にして、彼女は、その主題の不道徳性と表現の生ま生ましさに、厭になった。」（中村真一郎氏訳）

わたしたちの少年時代には、『千一夜物語』のオーソドックスな翻訳は、いずれもウィリアム・レインからの重訳である日夏耿之介氏のもの（世界童話大系）と、森田草平氏のもの（アルス児童文庫）とが二種類あったと記憶する。しかし、このレイン訳の『千一夜』もまた、ガラン訳のそれと同様、エロティックな物語やエピソオドは大幅に削除され、健全な家庭向きに改められていたはずであるから、プルーストのお母さんが心配したような、いわゆる『千一夜』の不道徳な面は、そこからは窺い知るべくもなかった。

少年の頃のわたしたちには、したがって、『千一夜物語』といえば、そのエロティシズムよりも、むしろそのエクゾティシズムと夢幻的な雰囲気と、さらにその残酷趣味とが大きな魅力となっていた。たとえば、有名な『アリババと四十人の盗賊』などで、盗賊に八つ裂きにされたカシムの屍体を靴屋に縫い合わさせたり、女中のモルジアナが壺のなかに熱した油を注いで、盗賊どもを一人残らず焼き殺したりするという、まことに無造作な残酷描写にぶつかるたびに、わたしは、ほとんど恐怖をおぼえたものである。

戦前にも、伏字のあるバートン版が出ていたことは出ていたけれども、年少の私たちには、これをのぞき見る機会とてなく、音に聞く『千一夜』の奔放な官能描写にはじめて接したのは、戦後になって、マルドリュス版やバートン版の翻訳が続々刊行され出してからのことであった。

そしてわたしは、それらの翻訳に徐々に親しむうちに、シャハラザードの語る『千一夜』のいくつかの物語のなかに、フロイト理論でいうところの、エディプス的なテーマが意外に多く隠されているということに気がつくようになった。このことは、アンヴェル・F・デホイの書いた『千一夜物語のエロティシズム』（パリ、一九六〇年）という本のなかにも確言されている。

中世イスラム社会における、女性の地位の異常なほどの高さについては、バートンも巻末論文でくわしく分析しているが、それでも父親の母親に対する、兄弟の姉妹に対する、また両親の息子に対する、法的な優越権は争いがたいところであったにちがいない。しかるに、おもしろいことには、『千一夜』のなかの三分の二近くを占める多数の物語に、一つの共通したパターンが透けて見えるのだ。それは何かというと、前に述べたように、エディプス的な主題である。すなわち、息子はまず最初、父親の意見に従わず、わがまま勝手な振舞いをする。やがて父親が死ぬと、この息子に次々に不幸が襲いかかってきて、母親をいたく悲しませる結果になる。最後に、息子は改心し、死んだ父親の意見を思い出し、正道にもどって、幸福と安楽を見出だすという筋である。

正確には、これはエディプス的というよりも、反エディプス的な主題というべきかもしれない。しかしいずれにせよ、父の死が息子の解放のための契機になっているという点において、フロイト理論の適用範囲にあると言えるだろう。

船乗りシンドバッドが五回目の航海で出会うおそろしい老人（海の老人）は、まさしく、彼が殺さなければならない父親のイメージである。父親の強迫観念は、故国をとび出した冒険好きな息子の心にも、たえず付きまとう。おそろしい父の象徴的なイメージは、とくに『千一夜物語』によく出てくる、大猿や熊などといった獣によって表わされることもある。『肉屋ワルダーンの物語』その他を参照せられたい。それはエドガー・ポオの『モルグ街の殺人』と同じく、単に人獣交合の物語ではない。息子は獣を殺して、獣と交わりをむすんでいる美女（母のイメージ）を救うのである。このテーマは、中世ヨーロッパの「美女とドラゴン」のテーマにも通じるだろう。

『アラジンと魔法のランプ』の物語も、同じエディプス的なパターンを示している。少年アラジンは、仕立屋である父親の言うことをきかず、放蕩無頼の生活をしているうちに、悲しみのあまり、父親を死なせてしまう。父親の死後、アラジンはいろいろな苦難に出あい、母親とともに、これを克服しながら成長してゆく。ただ、この有名な児童向きの物語には、エディプス的なテーマのほかに、もう一つ、きわめて明瞭な性的シンボルがふくまれていることを指摘しておきたい。申すまでもなく、魔法のランプの象徴である。

少年が手で摩擦して欲望の満足を得るというランプは、端的に言って、オナニズムの象徴なのである。絶望したアラジンが、ふと何の気なしに、手に入れたランプをこすると、黒い雲がもくもくと湧いて、その中心に、途方もなく厖大魁偉《ぼうだいかいい》な鬼神（ジンニー）があらわれる。それは「ランプの下僕」であって、人間の望むことの一切をただちに実現してくれる。この全能のランプに類する魔法の小道具は、世界のあらゆるお伽話《とぎばなし》にしばしば出てくるが、最も初歩的な性的シンボルの一つと解して差支えなかろう。

アメリカの高校生仲間のスラングによれば、「ランプをこする」(Rub the lamp) はオナニズムを意味し、「ぼくのランプに火がついた」(My lamp is lit) は、エレクティオの状態を意味するそうである。世界じゅうの子供たちに親しまれた「アラジンのランプ」の象徴は、こんなふうに、現代の資本主義文明の国にもまだ生きているらしい。

ジャン・コクトオが十六歳で書いた処女詩集の題名も、『アラジンのランプ』であった。コクトオが後年、この若書きの詩集を苛酷に扱い、自分の著作目録から削除したりしていることを考え合わせると、なかなか意味深長なものがあるように思われる。

ジャン・ジュネ論

泥棒作家の系譜

過去のフランス文学の伝統のなかに、ジャン・ジュネのそれのような、社会の最低に生きる人間、しかも男色や泥棒を職業として生きる人間によって書かれた、すぐれた文学作品の例を見出すことはさして困難ではない。たとえば十五世紀の大詩人フランソワ・ヴィヨンは、周知のように誤って殺人を犯してから、無頼の放浪生活に入り、盗賊団「コキャール」党にも加わったらしい形跡がある。この盗賊団は、表向きは行商人の組合であったが、普通人には理解しがたい特殊な隠語を用い、ヴィヨンはこの仲間の隠語でバラッド十一篇をつくっているから、かなり彼らと関係が深かったことが推測される。泥棒詩人の例を求めるには、しかし、何も遠い中世にまでさかのぼる必要はなかろう。十九世紀初頭にも、軍隊脱走、文書偽造、殺人、窃盗などの数々の犯罪を犯し、ついに捕えられて断頭台にかけられた泥棒詩人、ピエール・フランソワ・ラスネエルの例がある。映画『天井桟敷の人々』のなかに、代書屋の看板を掲げた不敵な殺し屋ラスネエルなる人物が出てくるが、これは実在のラスネエルをモデルにしたものであり、なお、この詩人は男色家でもあったという。

しかしジャン・ジュネの文学があくまで独自なのは、悪の世界について、泥棒について語るのではなく、サルトルが正しく指摘したように、つねに泥棒として、男色家として語るという点であった。たしかにラスネエルにも、自分が排除された善の世界に対する根深い怨恨があり、どちらかと言えば、この不貞腐れたシニカルな泥棒詩人は、最後に逮捕されて法廷に引出されるや、司法を愚弄《ぐろう》した挙句、好んで自分の死刑に対する見世物的興味を盛り上げようと苦心した傾向さえある。これは一種のロマンティックな自己顕示欲であり、ボオドレエルが母を辱しめるために「われと我が身を罰する者」となったように、ラスネエルにもまた、善の世界に対する復讐《ふくしゅう》という動機があったかと思われる。しかしジュネの悪の動機には、ロマンティシズムは影すらもなく、また怨恨や復讐心があったとしても、それのみでは説明のつかない要素をふくんでいる。

ここで思い出されるのは、あの十八世紀のサド侯爵の名であろう。もとより、サドはジュネのような卑賤の出ではなく、由緒正しい貴族の生まれであって、彼のいわゆる犯罪も、子供だましの拙劣なものにすぎなかったが、それでも彼は通算して二十七年間、暗い牢獄のなかで呻吟し、ジュネの場合と同じく、満たされない性的な妄想のおもむくままに、瀆神的なオナニストの夢魔の世界を飽くことなく描いた。ただ、サドは本能の名によって既成の道徳的権威をすべて否定し、善のモラルに代えるに悪のモラルをもってしたとはいえ、窮極的には、善と悪とが弁証法的に統一されるようなユートピア、つまり、ニーチェのいわゆる「善悪の彼岸」に似た世界を夢みていた。その意味で、サドは形而上学的な叛逆者であり、錯乱した自由思想家であり、体制の全面的な否定者であって、要するに、ニーチェやマックス・スティルナーの先祖であると言うことができる。ところで、ジュネには世界の変革の意志はまるでなく、よしんば悪に耽溺《たんでき》するとしても、この悪を体系化し、夢みられた一つの世界において、これを何らかの価値ある普遍性に近づけようという努力が全く見られないのである。ジュネの悪は、いわば存在に寄生し、すべての存在を腐敗させる病菌のような悪であろう。

ジイドの『コリドン』も、同性愛を道徳的に正当化しようとする試みであって、その限りでは、彼のポレミックも、いわばサドの論理の現代版とも見ることができる。ところで、正当化された悪は善であり、その善はまだ存在しないにしても、少なくともジイドの頭のなかには萌芽として存在している。善と悪の神学は、かように転換可能なものであった。しかし、ジュネは同性愛を正当化しようなどとは、夢にも考えたことがなかったにちがいない。性的倒錯は、自然の理に反する絶対の悪であればこそ、ジュネの鍾愛《しょうあい》するところとなるのである。

おそらく、ジュネの文学の系譜に属すると言い得るような、いかなる意味でも善に転換する可能性のない、純粋な悪の世界を描き切った作家を、過去の文学史のなかに求めんとする試みは無駄であろう。ヒューマニズムとは、ゴムのように伸縮自在な強靭《きょうじん》なものであって、どんな悪でもこれを呑みこんで、善に転換させてしまうという性質がある。ヒューマニズムの裏をかくことは、至難の業であると言わねばなるまい。ひとりジャン・ジュネが、この不吉な、しかも輝かしい大事業を成功させたのである。

ポルノグラフィックということ

『花のノートルダム』『ブレストの乱暴者』『葬儀』『薔薇の奇蹟』などといったジュネの小説を読んで、まず気がつくことは、作者がこれらの小説をオナニスト的発想によって書いたということ、つまり、すべてのポルノグラフィー作者と同じ発想の基盤に立って書いたのではないか、ということだ。ポルノグラフィーには、それがどんな古典的な名作（？）であれ、登場人物の性的関係の組み合せに非常な無理があり、限られた小さなサークルのなかで、現実には到底起り得ないような、複雑な性的交渉が行われるのを通例とする。作者の目的は性的興奮を挑発することだけなので、役に立たない登場人物の描写はさっさと切り上げ、役に立つ少数の人物のみを、できるだけ有効に働かせようとする。そこで、どうしても小説の構成、筋書、あるいは人物の行動、配役などに強引な非現実性がつきまとう。

たとえば『ブレストの乱暴者』のなかに、作者ジュネは、淫売屋の女主人リジアーヌなる中年の女性を登場させている。リジアーヌは、情夫としてロベールを持っており、この惰弱な青年に、彼女はむしろ息子に対する母親のような愛情をいだいている。ロベールには一人の兄があり、この兄が本篇の主人公ジョー・クレルであるが、この二人の兄弟は「互いに愛し合うほどよく似て」おり、しばしば他人から混同される。リジアーヌ夫人の亭主はノルベール（ノノ）で、この夫婦の関係は冷たくなっており（単なる利害関係で結びついている）、ノノは夫人に言い寄る青年を、まず自分の物にして、それから夫人に渡す約束になっている（もっとも、ノノは生まれつきの倒錯者ではなく、女に対する怨恨から、自己の主義として男色を実行しているらしい）。クレルは殺人を犯してから、この淫売屋の亭主ノノと共臥をし、やがて弟に代って、リジアーヌ夫人の情夫になる予定である。一方、クレルの犯罪を追及する役目にあるのが、警官のマリオであり、クレルはこの美貌の警官とも男色関係を結ぶ。——このように、登場人物相互のあいだの関係は、まことに複雑で、荒唐無稽と言ってよいほど錯綜しており、どの組み合せにも、何らかの性的なニュアンスがつきまとっているように見える。まるでギリシア悲劇の、家庭内の近親相姦のようである。

『花のノートルダム』においても、この事情は変らない。女役の男娼ディヴィーヌ（つねに女性として、代名詞も女性形で描かれる。男性形で描かれる場合は、少年時代のルイ・キュラフロアとして、名前も違ってくる）には、恋人としてミニョンなる女衒《ぜげん》がおり、二人は同棲している。ところで、小説の中ほどから現われる殺人犯の美少年ノートルダムは、年長のミニョンとたちまち友達になり、ディヴィーヌを加えて三人で暮すことになるが、ディヴィーヌもまた美少年に惚れてしまう。やがてミニョンが家出をして、ディヴィーヌは新たに彼女の恋人になった黒人のセック・ゴルギと、ノートルダムを加えて三人で同棲するが、すでに容色の衰えを知った男娼は、二人の男のいずれに対しても嫉妬しなければならなくなる（若いノートルダムは、男にも女にも惚れられる一種の男女両性《アンドロギュヌス》だからである）。最後に、ミニョンは万引をして刑務所に入り、ノートルダムは死刑になり、ディヴィーヌは喀血して死ぬが、じつは死んだノートルダムこそ、ミニョンが二十年前に棄てた彼の息子だったということが、小説の末尾に至ってようやく明らかにされるのだ。

訳者は、前にジュネの小説の発想の基盤に、ポルノグラフィーのそれと同質のものを認めると書いたが、ジュネの小説が、技巧的に見れば明らかに一種のポルノグラフィーでありながら、しかも本質においてポルノグラフィーを超えている点は、何よりもまず、その無意識の部分の重要性であろうと思う。たとえば猥本作者は、もっぱら読者の特殊な情緒を刺激するという目的のために、手を変え品を変え、サディストとかマゾヒストとかいった人物を描き出すのに、ジュネの場合は、どんな人物を登場させても、必ずそこに作者自身が投入され、永遠に同じ一つの原型《アルケテュプス》が透けて見えるという違いである。たぶん、作者はこのことを意識していないであろう。それは深層心理に属する事柄であろう。サルトルが言うように、精神分析学的な解釈には確かに限界があるにしても、いま、その限界を承知の上で、訳者は『ブレストの乱暴者』および『花のノートルダム』のなかに登場する主要な人物たちの上に、しばらくフロイト神話学の光を当ててみたいと思う。（ちなみに、以下の文章を草するに当っては、クロード・エルサンの『余白のエロティック』という論文から多くを得た。）

同一化のメカニズム

ロベールに対する愛情の母性的な性格が一目瞭然であるところのリジアーヌ夫人は、いわば神話的な母であろう。フロイトの発見したメカニズムによれば、未来の倒錯者の性本能は、しばしばこうした母の上に固着する。有名な『性に関する三つの論文』から一節を引用してみよう。

「私たちが観察した例では、後に性倒錯者になった者はすべて、その小児期の初めに、女性（主として母親）に対する強い、しかも短期間の固着の時期を経てきているし、それを克服した後は、その女性と自己とを同一化し、自己自身を性対象として選ぶようになっている。つまり、ナルシシズムから出発して、自分自身に似た若い青年を求め、母親が自分を愛したように、彼らを愛したいと思うということである。」

実際、倒錯者の大部分が父親のない息子であり、母親の手一つで育てられた息子であるということは、よく知られた事実である。父親の不在は、エディプス・コンプレックスの補償的な影響から彼らを免れしめる。そして母親に対する彼らの固着は、彼らのなかに、いわゆる検閲作用を生ぜしめ、その結果、彼らは母親以外の女に性的関心を向けることを無意識裡にみずから禁じるのである。もし彼らが他の女に接触すれば、それは母を裏切ったことになるからである。――こう見てくると、リジアーヌ夫人の夫たるノノは、母と息子の性愛的な結びつきを妨げ、監視しようとするエディプス的な父親の役割をおびていることが理解されるだろう。クレルはノノに対して、つねに威圧感を感じているし、ロベールは、兄がノノに「お釜を掘られた」ことを知ると、激怒して兄を罵倒するのである。

しかし、もっと興味ぶかいのは、あたかも二人で一体になったかのような、「互いに愛し合うほどよく似た」二人の兄弟の関係であろう。もし男の同性愛の初期に、フロイトのいわゆる同一化のメカニズムが大きな役割を果しているとすれば、このクレルとロベールの二人の兄弟の関係は、象徴的な意味をおびてくる。クレルはロベールの正確な模写であり、その男性的な半身であり、彼らは互いに殺し合いをするほど憎み合っていながら、しかも無意識の領域では、ほとんど兄弟相姦をするほど愛し合っている。夢のなかで、彼らはいつも一緒に寝ているのであり、リジアーヌ夫人の妄想のなかでは、二人のあいだに「子供が生まれるほど愛し合っている」のだ。しかも彼らは同じ一人の神話的な母を所有している。これを要するに、二人の兄弟の曖昧な関係は、自己性愛段階から出発して、自己と母とを同一化し、「自分自身に似た若い青年を求め、母親が自分を愛したように、彼らを愛したいと思う」段階へ至る、過渡期の状態を正確に反映していると言えるだろう。

もちろん、そこには矛盾したさまざまな葛藤があるにちがいない。クレルは、自分によく似た殺人少年ジルを愛し、しかも少年を警察に売り渡す。ジルに対して、クレルは「兄のような一種の愛情」を感じる。「ジルもまた、自分と同じ人殺しなのであった。いわば小さなクレルであったが、それ以上に成長してはならないのだった。こうしたジルに対して、クレルはあたかも未成熟のクレルの胎児の前にいるかのような、思いやりと好奇心とを感じていた。」

この同一化のメカニズムは、『葬儀』におけるジャンとポーロの関係についても言えるだろう。この小説では、作者の同一化の執念《オブセッション》はさらに極端に走り、物語のある段階（ほとんどつねにエロティックな肉体交渉の段階）にくると、物語を語っている作者（ジュネ自身）が登場人物の中に入りこむということも、しばしば起るほどである。

『花のノートルダム』の主人公ディヴィーヌにいたっては、自己の女性への同一化があまりにも完璧なので、その代名詞さえ女性形で書かれるほどである。彼女はその恋人に、次のように言う、「あんたって、わたしの友達ではないわ。あんたって、わたし自身だわ……あんたが聞かせてくれるのは、あんたの生涯ではなくってよ、それ、わたしの一生の地下の部分、わたしが知らなかった部分よ……わたし、あんたが自分のお腹《なか》にいるみたいに好きだわ……」と。すべてかくのごとき調子である。他者へのナルシシックな同一化、時によっては母そのものへの同一化。

サルトルによれば、ディヴィーヌとはすなわちジュネ自身である。ジュネ自身のエロティシズムは、女性的エロティシズム、つまり受動性によって特徴づけられており、つねに自己を客体化しようという方向をとる。ジュネは自分を女として感じることを好むので、女の肉体や女の心理を小説のなかに描き出すことには何の興味をも示さない。ところで、このディヴィーヌに相当する人物を『ブレストの乱暴者』のなかに求めるとすれば、どういうことになるであろうか。神話的な母という見地に立てば、リジアーヌ夫人がそれであろう。しかしジュネ自身の人格の直接の表現という意味では、むしろ海軍少尉セブロンを思い出すべきであろう。小説『ブレストの乱暴者』のなかで、セブロンは特殊な立場にある。すなわち、彼は半ば登場人物であって、半ば小説の外に身を置いている。本文のあいだに挿入されるセブロンの日記は、彼が他の登場人物と違って、言語による自己表現のできる人間であることを示している。海軍の権力に護られているという点を別にすれば、セブロンはジュネ自身である、と言っても差支えあるまい。「快楽の不在のなかに快楽を味わう、想像上の女性である受身の男色家」とサルトルが言っている。ディヴィーヌと同様、セブロンもまた、乳房を具えた現実の女に変貌したいと心から願っている。

さらにジャン・ジュネ特有の場合において、この同一化の欲望は、しばしば殺人犯などといった、輝かしいアウト・ローのやくざ者に対して向けられる。同性愛と反社会的傾向とのあいだに、ただちに因果関係を設定する軽率は慎まねばなるまいが、たとえば処女作『花のノートルダム』に出てくる若い殺人犯モーリス・ピロルジュ（実在の人物。関係のあった金持のメキシコ人を殺した）の面影が、ジュネのその後の小説に登場するやくざ者の身ぶりや行動に、隔世遺伝のように現われているのは注意してよいと思う。二十歳の誕生日に処刑された、この美貌の少年の犯罪に、ジュネは一種の象徴を読み取るほど眩惑《げんわく》されたとおぼしい。ピロルジュは神になって、「急に祭壇の上に立ちあがった」のである。「ノートルダムは、私のピロルジュに対する愛情から生まれた人物です」とジュネはすでに書いているが、アルメニア人の金持の老人を殺したクレルもまた、もう一人のピロルジュではあるまいか。作者は、この熱愛と崇拝の対象たる少年の行為を、幾度となく文学的に（つまり神話的に）再創造することによって、この少年と自己とを同一化しているのである。戯曲『囚人たち』において、最後にルフランがモーリスを絞め殺すのも、青目《ユー・ヴェール》と自分とを同一化するためであろう。殺したあとで、ルフランは呟く、「お前の言う通りだ。おれは本当にたった一人だ」と。結局、現実に女になり変らなければ、同性愛者の孤独の地獄は救いようがない、ということであろうか。同一化の試みは、むなしい試みにすぎなかったのであろうか。

贖罪、自己懲罰、口淫

同性愛者が孤独の地獄を逃れるのに、犯罪以外に方法はないのであろうか。あるいは殺人犯が孤独を逃れるのに、男色に頼る以外に道はないのであろうか。ともかくも、同性愛者と犯罪者とが共感によって結びつくのは、孤独を媒介としてであり、そこにはほとんど馴れ合いの絶望的な欲求があるようである。

『ブレストの乱暴者』は、殺人犯クレルが、殺人という行為から生じた孤独の不安を追いはらうために、すすんで自分を受身の男色家に変貌させてゆくという、いわば贖罪の物語である。犯罪とは、ジュネの確信しているところによれば、未開社会における渡過儀礼（成人式）のごとき一種の儀式であって、犯罪を犯す者は、犯罪のなかで一度死んで復活するのである。復活するためには贖罪、つまり、二度目の死が必要である。彼が犯したばかりの殺人を、いわばそれに対応する、彼自身の身に加えられる一種の死刑執行（「お釜を掘られる」こと）によって、帳消しにしなければならないのである。犯罪者が犯罪によって絶対の孤独を発見することと、青年が受身の男色家に変貌することとは、ジュネの世界では、完全にアナロジカルな現象なのである。だから、まず水兵ヴィックを殺して、次にノノに身を任せるクレルは、二度の死を経験するわけであり、二度目の死が最初の死の穢《けが》れを祓《はら》ってくれるわけだ。「クレルは最初の殺人のあとで、あの死んだという感情を味わった。」「犯罪者は、おのれの行為の否認によってしか消し去ることのできない不安のなかで生きる。おのれの行為の否認とは、つまり彼の贖罪である。さらに言えば、彼自身の死刑宣告である」とジュネがはっきり書いている。

『花のノートルダム』のなかで、クレルとよく似た死の経験をするのは、デパートで銀製のライターとシガレット・ケースを万引するミニョンであろう。殺人ほど重大ではないけれども、やはりこれも犯罪にはちがいない。万引が発覚し、刑事に手首をつかまれると、「新しい宇宙が、一瞬の間に、ミニョンの前に出現したのでした。それは、のっぴきならぬ宇宙でした。私たちも住んだことのある、あの宇宙でした……世界は手袋のように裏返しになりました。」

「美しい犯罪は、美しい男性のように私の心をとらえる」と言ったのはオクターヴ・ミルボオであった。ジュネの裏切りや密告に対する偏愛にも、たぶん、同じ欲望のメカニズムがはたらいていたのであろう。裏切りや密告は、道徳的社会的タブーの侵犯であると同時に、社会の最も卑賤なるものの化身と見なされている密告者と警官（犬という言葉が端的に示している）のあいだに、あの醜悪で甘美な馴れ合いの関係をつくり上げるのである。

さらにまた、そこにはフロイト理論で言うところの、無意識の自己懲罰の欲望も混るであろう。

『花のノートルダム』のなかで、警部から密告者にならないかと誘われるミニョンは、「汚辱の愛撫を受けたような感じでしたが、彼自身それを汚辱と感じているだけに、余計にそれは快いわけでした。」

警官と密告者のあいだの馴れ合いは、一見したところ、拷問執行者と犠牲者のあいだの馴れ合いと似ていないこともない。しかし後者の場合、馴れ合いは、彼らの置かれた状況から自然に生ずるのであって、この状況は彼らにとって、すでに避けることができないものなのである。一方、密告者は警官の前で、自分を卑しくすることをみずから選ぶのだ。警官がすでに本質的な卑しさを表わしているとすれば、密告者は二重に卑しくなるわけである。この関係に一つの性的な意味を付与すれば、それはただちに『ブレストの乱暴者』における、クレルと警官マリオとの男色関係のエピソオドになるだろう。卑しくなるとは、受身の男色家になり、相手の男の性器を吸ってやることなのだ。クレルは警官に口淫《フェラチオ》をしてやり、そのすぐ後で、殺人犯ジルを警官に売り渡すのである。

「マリオはクレルの絶望を見抜いていた……一人の警官の前に膝まずいていることを、自分の恋人が楽しんでいるにちがいないと思いながら、マリオはその汚れた液体を放射した。」

自分を卑しくすることをみずから選ぶこと、これが自己懲罰のメカニズムである。別の言葉で言えば、それは贖罪ということになろう。サルトルの指摘を俟つまでもなく、「警官に対して客体《もの》となり変ってしまったと感じる殺人者」は、ジュネの小説にしばしば登場するのであり、なかんずく、殺人を犯してから以後のクレルの変貌の過程を、わたしたちは『ブレストの乱暴者』のなかに、あたかもスローモーション映画のように明瞭かつ巨細に見て取ることができるのである。

ところで、ジュネの世界で、受身の男色家の任務とされている口淫《フェラチオ》は、一面から見れば自己懲罰をあらわすが、また一方では、相手に対してはたらきかける一種の去勢の象徴なのである。サルトルによれば、「性器を吸う者の受動性は完全ではなく、彼は愛撫し、はたらきかける」のだ。受身の男色家の性愛は、まことに巧妙かつ陰険で、サルトルの適切な比喩を借りるならば、「その雄を咬み殺す雌かまきり」の行為にひとしい。自分を卑しくする立場に身を置きながら、じつは相手の精力を吸いつくし、勃起した陰茎の硬さを舌の先で溶かしてしまう、――これが口淫を行う者の、平静な、勝ち誇った、母性的な優越感にみちたエロティシズムなのであった。

またしても、ここに母親像が浮び上ってきた。もしかしたら、口淫とは、精神分析学で言うところの、あの恐ろしい母への同一化の欲望であるかもしれない。有名な『エドガー・ポオ論』のなかで、女流精神分析学者マリー・ボナパルトは、「歯のあるヴァギナ」という言葉を用い、口唇領域のコンプレックスがヴァギナ領域に転移した場合の、ある種の神経症者（ポオもその一人であった）の恐怖の感情を表現したが、この恐怖は、まさに去勢コンプレックスとぴったり重なるのである。神話的な恐ろしい母へのナルシシックな同一化の欲望は、倒錯者を口淫の実行に駆り立てる有力な動機となろう。『ブレストの乱暴者』のなかで、リジアーヌ夫人が、その愛人であり息子であるロベールに対して、すすんで口淫を実行するのは怪しむに足りない。彼女は息子の不倫（兄弟相姦）を罰しているのである。

一般に、ジュネの世界に登場する人物たちは、サルトルが明快に示したように、硬派（殺人犯、重罪人）と軟派（泥棒、乞食あるいは男娼）に分けられているが、口淫こそ、このいつも負けてばかりいる軟派が、優越者たる硬派に打ち勝つための秘密の武器なのであり、弱者と強者の立場をどんでん返しにする性愛の秘儀なのである。『花のノートルダム』のなかで、この口淫の常習者は男娼ディヴィーヌである。彼女は神話的な母であり、典型的な軟派であるから、「一切が柔軟でした。彼女は柔軟に生まれついていました。つまり、性格が軟らかく、頬も軟らかく、舌も軟らかく、陰茎も軟らかく、出来ていました。」――ただし、彼女の口には怖ろしい歯があったのである。

クレルはもともと硬派中の硬派であるから、本来ならば、口淫を行うべきタイプではないはずである。にもかかわらず、贖罪により、自己懲罰により、自分を故意に受身の男色家に変えてゆく過程は、『ブレストの乱暴者』のなかに、作者たるジュネが情熱をもって描き出したところだ。ミニョンもまた、ディヴィーヌの腐蝕的な力の影響により、同じような変貌の過程をたどって、徐々に女性化してゆく。そして、かつては男娼に対する支配力を誇った逞しい女衒が、ついに女性的な受身の快楽に趣味をもつようになると、それは彼らにとって身の破滅となるだろう。第一、作者たるジュネが、彼らを冷淡に突き放してしまう。完全に女性化した硬派、何やら曖昧な存在になってしまった彼らは、もはやジュネの興味を惹くに足る存在ではないのである。ミニョンは盗み（軟派の仕事である）に失敗して刑務所に入り、クレルはリジアーヌ夫人の情夫になってから、やがて軍艦に乗ってブレストを出港してしまう。つまり、お払い箱になったわけである。

受身の男色家が、雌かまきりのように恋人を食ってしまうというのは、こういう意味だ。ジュネの小説は、すべてジュネの化身であり、ジュネ自身が同一化している受身の男娼によって、その多くの恋人たちが食われてしまうところの、魔術のような物語である。ディヴィーヌはミニョン、ノートルダムを堕落させ、セブロン少尉はクレルを堕落させる。そして物語の背景には、つねに黒々とした、あの優しくも恐ろしい神話的な母の顔がある。この母親が、幼いジュネを棄てた残酷な母であることは申すまでもあるまい。

ジュネの散文について

破格な類音喚起や漠然とした観念連合により、次から次へと贋《にせ》の宝石をつなぎ合せたかのような、晦渋で、煩瑣《はんさ》で、盛り沢山で、しかも荘重で、優美で、絢爛《けんらん》としたジュネの散文の不思議な魅力は、訳者には、フランス語がその固有の明晰《クラルテ》さを失うぎりぎりの線に、辛くも成立している散文の魅力のように思われる。あと一歩で、非論理と不正確の混沌のなかへ踏み迷うことになりかねない危険を、辛くも支えているのは、非論理的な表現をすら論理の文脈のなかに強引に包含させてしまう、フランス語という言葉の伸縮自在な、柔軟な堅牢性であろう。ジュネがいくら散文の放蕩にふけっても、十七世紀以来鍛え抜かれたフランス語はびくともせず、壊れないのである。率直に言って、訳者が翻訳の筆を進めながら、感嘆久しくしたのは、サルトルが壮麗化と呼んだジュネの観念の魔術や比喩の浪費よりも、むしろそれに堪えているフランス語の強さであった。フランス語の伝統という文化的な背景がなければ、ついにジュネのような破天荒な作家の出現は望めなかったのではないか、とさえ思われる。

サルトルは、ジュネの散文の矛盾や非合理にみちた怪しげな詩《ポエジー》を説明するために、『葬儀』のなかの一句、「庭師は彼の庭の最も美しい薔薇である」を引用しているが、訳者は『ブレストの乱暴者』のなかから、これとよく似た、全く論理的構造の同じい、ジュネ独特の文章を抜いてお目にかけたい。

「クレルは自分の星に絶対の信頼を置いているはずであった。この星は、水兵が星に対して抱いていた、信頼のおかげで存在していた。お望みならば、この星は、まさしく彼の信頼に対する信頼の光によって、隈なく夜を照らす星だと言ってもよかった。この星が、その偉力と輝き、つまりその効力を保持するためには、クレルが星に対する信頼と、自分の微笑とを保持していなければならないのだった。星はクレルの信頼そのものだった……クレルは、各瞬間ごとに自分から生れ出る星にしがみついていた。一方、星は力強くクレルを保護していた。」

最初、クレルと星とは対置されている。星は、クレルの外部に存在している。ところが、この星は、クレルの星に対する信頼に依存し、クレルの微笑とともに光り輝くのである。とすれば、少なくとも星の原因はクレルの内部になければならない。どうやら星とはクレルの微笑のことらしい。星はクレルの内部に入ったかと思うと、またクレルの外へ飛び出す。目にも止まらぬ速さの運動である。この場合、「星のような微笑」ではなくて、微笑と、星と、信頼とが三つ巴《みどもえ》になって、感覚的なイメージのがっちりした迫持《せりもち》を形づくっていることに注目せられたい。詩のために犠牲にさせられた贋物の散文とは、このような散文であろう。

「クレルは口を半ば開いた。その口に、風が堂々たる太さの男根のような正確な円筒形をなして、奔流のように満々となだれこんだ。」

まず、クレルが男根をくわえているイメージが、否応なくわたしたちを捉えるだろう。しかし現実には、クレルの口には何もない、単に風が流通しているだけの、空虚なのである。それでもジュネは、どうしても男根のイメージを、巨大な男根をくわえたクレルのイメージを、この場に強引に出現させなければ気がすまない。ジュネにとっては、存在しないものを存在させるためにこそ、言語というものがあるのだから。

「クレルの実体が化身した軽い吐息は、一本のアカシアの棘《とげ》のある枝にまだ引っかかっていた。不安げに、この吐息は待っていた。殺人犯はボクサーがするように、すばやく二度鼻を鳴らし、唇を動かした。すると、クレルの実体はふたたびゆっくり、もとの肉体にもどり、口のなかにもぐり込み、眼の高さにのぼり、指の方に降り、身体ぜんたいに満ちわたるのだった。」

まことに奇妙な描写である。これは、クレルが殺人を犯した直後の情景だ。殺人を犯している最中は、クレルの実体は軽い吐息となって、肉体から抜け出し、そこらの樹の枝に引っかかっていた。殺人行為が完了するとともに、クレルの実体はふたたび肉体にもどってくる。日本の王朝の女流歌人は螢を見て、「我身よりあくがれ出づる玉かとぞ見る」と歌ったが、人間の実体が自由に肉体から出たり入ったりするというイメージは、いかにもジュネのそれらしい、純粋に言語のみによって成立せしめられる魔術の世界のイメージである。訳者は、あたかもサルヴァドール・ダリの絵の世界におけるごとく、肉体を抜け出したクレルの実体が、ねばねばした精液の滴《したた》りのように、ぐんにゃりと樹の枝に引っかかっている幻覚を見る。

文学的ポルノグラフィー――A・P・マンディアルグの匿名作品について

戦後、フランスで出版された、きわめて質の高い、いわば文学的ポルノグラフィーともいうべきエロティックな作品には、たとえば、一九五四年にポオヴェール書店から刊行されて以来、一躍その声価を高めた『オー嬢の物語』があり、先年、ようやく私はこれを翻訳上梓したのであるが、それより一年前に私家版として刊行された、ピエール・モリオン著『閉ざされた城にて語るイギリス人』という作品については、一部の文学通のあいだに、その噂がひそかに喧伝されたのみで、ごく最近にいたるまで、私にはこれを手にする機会とてなかったのである。

元来、フランスには、すでに世に認められた高名な詩人や小説家たちが、いわば彼らの高級な手すさびとして、ポルノグラフィーを書き残すという文化的（!）な伝統があり、十九世紀のミュッセ、ユゴオ、ゴオティエ、メリメ、ボオドレエル、ヴェルレーヌ、ランボオはもとより、二十世紀のアポリネール、コクトオ、ラディゲにいたるまで、この伝統は継承されている。先般、相継いで邦訳されたジョルジュ・バタイユの難解無比な哲学小説も、この系列に属するものと言えようし、ジャン・ジュネ、ピエール・クロソウスキー、ボリス・ヴィアン、レエモン・ゲランなどの諸作品にも、いわゆる袖の下出版によってのみ流布される種類のテキストがあるらしいことは、広く知られているところである。『オー嬢の物語』や『エドワルダ夫人』やサド侯爵の全集を初めて堂々と公刊したジャン・ジャック・ポオヴェール氏は、私と同じ一九二八年生まれの三十九歳であるが、かの十九世紀の悪名高いプウレ・マラシ（ボオドレエルの『悪の華』や、その他十八、十九世紀の好色作品を多数刊行した）と同じ資格で、将来の文学史の余白に名を残すことは確実であろう、と思われる。

ところで、これから私が紹介したいと思うのは、前にも述べたピエール・モリオンという匿名の作者によって書かれた、奇々怪々な小説『閉ざされた城にて語るイギリス人』（以後、略して『イギリス人』と呼ぶことにする）であるが、このピエール・モリオンという耳慣れない匿名は、大方の意見によると、超現実主義的な作風によって知られる狷介《けんかい》孤高の作家、アンドレ・ピエール・ド・マンディアルグのそれだという。すでに邦訳が二冊（『海の百合』および『オートバイ』）出ているマンディアルグの名は、日本でもよく知られているはずであるから、その経歴や作風をくわしく述べる必要はあるまいと思うが、私には、現在のフランス文壇で、いわば最も自分の性に合った作家として、つとに愛読してきたという事情もあり、その匿名作品と見なされた小説に対する興味には、単なる猟奇的な好奇心というより以上のものがあったことを、つけ加えておかねばならない。

しかし、ポオリーヌ・レアージュがジャン・ポーランであり、ピエール・アンジェリックがジョルジュ・バタイユであり、ヴァーノン・サリヴァンがボリス・ヴィアンであったように、果してピエール・モリオンはマンディアルグであると断定し得るであろうか。この点については、いずれ時の経過を待たねばならないが、ただ私が原文を読んだ限りでは、ほとんど九十九パーセントまで、これはマンディアルグ自身の手に成るものと断定して差支えなさそうである。まず第一に、楔形文字のように佶屈《きっくつ》した、センテンスの長い異様に凝った文体が、特異なスタイリストとして知られるマンディアルグのそれを思わせて余りあるのだ。第二には、物語の展開する環境の類似性がある。マンディアルグには、円形の闘技場とか、半月形の展望台とか、八角形の塔とか、円筒形の城砦とかいった、奇妙な幾何学的な建築空間に対する偏愛が見られるが、この『イギリス人』の舞台となっている海辺の城も、やはり同じ種類の克明な描写によって成立する、現実離れした閉ざされた空間なのである。第三には、イメージの共通性がある。マンディアルグの好んで用いる考古学や博物学のイメージは、その文体にきらきらした、鉱物質の輝きを帯びさせる効果を有しており、とりわけ海の下等生物、たとえば蟹とか海星《ひとで》とか海胆《うに》とかいった、甲殻類や棘皮《きょくひ》動物の多彩な堅牢なイメージが、彼の気に入りのイメージとなっているのであるが、この『イギリス人』でもまた、それらのイメージが随所にふんだんにばらまかれているのを発見し得るのである。第四に……いや、これ以上両者の共通点を並べ立てていては切りがないから、そろそろ書物の体裁および作品の内容を具体的に説明することにしよう。

＊

私の所持しているテキストは一九五三年版、発行所は「オックスフォード・アンド・ケンブリッジ」となっているが、もとより、こんな人を食った名前の出版社は実在しないにきまっている。豪華本ではないが、『イギリス人』という題名にふさわしく、装釘が青白黒のチェック（碁盤縞模様）になっていたりするところは、まことに気がきいている。献辞として、扉に「E・J・の思い出に、ならびにオーブリ・ビアズレー（秘密の）友の会のために」と書いてあるが、このイギリス世紀末頽唐派画家の名前を冠せた秘密結社とは、そもいかなる団体であるか、少なからず好奇心をそそられる。そして開巻劈頭《へきとう》、「この書物を一種の闘牛《コリダ》と思って下さるようお願いする」と書いてあるのも、意味はよく分らぬながら謎のような雰囲気を高めるのに役立っているように思われる。

エピグラフには、ウイリアム・マイケル・ロセッティの『スウィンバーン論』の一節、すなわち、「苦痛の洗錬に対するあの性的誘惑は、仔兎をむさぼり食う雄の兎の傾向と同じく、健康な肉体の男にとって自然な誘惑である」という言葉が掲げられている。つまり、サディズムやマゾヒズムを、自然の名によって合理化しているわけであろう。

さて、物語が展開されるのは、ブルターニュ地方の海岸の村ガムユッシュにおいてである。元外交官であったイギリス人の富豪、ホレイショー・マウントアース卿（マウントアースには「尻の山」の意あり）なる人物が、第二次大戦勃発の頃、このガムユッシュ村の辺鄙《へんぴ》な海岸の一角に、世人の容易に近づき得ない別荘を建て、それ以来、俗界との一切の交渉を断って暮らしている。そこへ「私」なる人物が招かれて行き、別荘の主人の奇怪な日常生活をつぶさに見聞するという一篇の仕組みである。主人公マウントアースは、自分の名前をフランス語風にモンキュ Montcul と変えている。時は戦後の現代である。

ここでまた解説の労をとらなければならないが、村の名前になっているガムユッシュ Gamehuche とは、十七、十八世紀頃の好色文学に頻出するヴォキャブラリーであり、ラルース辞典にも出ていないような古い卑語であって、「舌により男女性器を刺激する行為」を意味するのだ。かように、小説『イギリス人』の作者は、好色文学の古典的なヴォキャブラリーに精通しており、登場人物の名前にも、それぞれ意味ありげな言葉が選んであって、この点からも、作者はかなりのディレッタント的教養人士ではあるまいか、と推測されるのだ。

イギリス人モンキュの召使として、ガムユッシュ村の豪奢《ごうしゃ》な城に住んでいる男女は、グラッキュス（黒人奴隷）、ピュブリコラ（黒人女奴隷）、ヴィオラ（十七歳の娘）、カンディダ（十九歳の黒人娘）、エドモンド（三十歳の女。料理人）、ルネボルゲ・ヴァルムドレック（通称ルナ。ドイツの貴族の娘であったが、仔細あって城中に幽閉されている。二十歳）およびミシュレット（十三歳。城中でただ一人の処女）の七人である。「私」は城に着くと、ただちにバルタザールという呼び名をあたえられ、モンキュの特別の客人として、城中の淫靡な饗宴に参加することになる。

少人数の男女が、一つの小さなサークルのなかで、次から次へと新たな趣向を編み出しては、さまざまな変態的な性の行為にふけるという、あのポルノグラフィーの千古不易の鉄則は、この小説のなかでも少しも変らない。そして豪華な食卓の饗宴と、城の主人モンキュの何やら哲学的な長広舌とが、しばしば性の饗宴のあいだに挟まれて行われるというところに、私たちは、サド侯爵の小説の直接の影響をすら読み取ることができよう。そういう意味では、『イギリス人』は前衛的なポルノグラフィーではないかもしれない。しかし、私は考えるのだが、前衛的なポルノグラフィーとは、そもそも言葉の矛盾ではないだろうか。

おもしろいのは、この閉ざされた非現実的な環境のなかに、時として隙間風のように、アクチュアルな現実の風が流れこむことだ。それは主として城の主人モンキュの回想場面によってであるが、彼はかつて第二次大戦当時、イギリス嫌いのイギリス人として、ナチス占領下のフランスのブルターニュに居を定め、ドイツ軍の保護を受けながら、ひそかにフランスの抵抗派《レジスタン》の若者たちにも物質的援助をあたえていた、という設定になっているからである。つまり、ドイツ軍に対しては「イギリスのファシスト」「新ドイツの讃美者」として、フランス抵抗派に対しては聯合国側の人間として、巧みに二つの仮面を使い分けながら、戦乱の時代を生きていた。それというのも、抗独派《マキ》の連中に恩顧をあたえて、その代りにドイツ人の捕虜を譲ってもらい、捕虜をひそかに城中に連れこんで、これを残酷な性的快楽の玩弄物たらしめんがためである。性的快楽のために戦争を利用し、愛国者のふりをして自分のサディズムを満足させていた、というわけである。モンキュの気に入りの快楽は、捕虜になったドイツの軍人を全裸にして、その虜に、制服やらズボンやら勲章やら金モールやら、ボタンの一つ一つにいたるまで、本物そっくりの微細な入れ墨をほどこしてやることだった。

モンキュは若年からの荒淫のため、残酷な場面を眺めなければ決して勃起しないという状態になっているが、ひとたび怒張すれば、そのペニスは巨大な容積になる。しかし驚くべきは、「その亀頭から陰嚢までのあいだに垂れ下がっている、薔薇色と紫色の斑《まだら》になった、ある種の蜥蜴《とかげ》の肉垂れのような、鋸歯状の皮膜」である。これを見て肝をつぶした作中の「私」は、次のように述べている、「私は男が勃起するのをあまり見たことがないから、この立派な飾り物がモンキュ氏だけの特徴であるかどうか、断言することはできない。しかしその後、医者に訊いてみたところ、医者の断言するには、そんな飾り物をもっている人間は他にいない、というのである。」

まさに超現実的な幻想であるが、私はこの部分を読んで、咄嗟にカフカの『審判』の一場面を思い出した。ヨーゼフ・Kが弁護士の家に行くと、そこにレーニと呼ばれる看護婦がいて、彼をしきりに誘惑しようとする。「女が右手の中指と薬指とを拡げると、そのあいだには皮膜が、短い指のほとんど一番上の関節にまで達していた」とある。象徴でも隠喩でも何でもない、このような無意味な無気味な幻想をほしいままにする作者の心理に、私はひどく興味をそそられる。

遊蕩児モンキュが往時を回想して語る物語のなかには、次のような途方もないエピソードもある。すなわち、モンキュの叔父のジョナサン・マウントアースという男は、非常な色豪で、かつてヴィクトリア女王に色事の手ほどきをしてやり、それまで「ヴァギナ以外の孔から物されたことのなかった女王に、肛門、口、鼻の孔など、ありとあらゆる孔を用いて楽しむすべを教えて」やった。女王は大いにこれを喜び、マウントアースにガーター勲章を授け、「その方の腎水を受けた後では、桂冠詩人アルフレッド・テニソン卿の腎水なぞは、たかだか重湯《おもゆ》のようなものでしかないぞよ」などと洩らすのである。テニソンは、ここでは女王の公然の恋人ということになっている。ピューリタニズム全盛時代の謹厳なイギリスの女王が、思うさま揶揄《やゆ》され戯画化されているところが、大そう妙である。

城中で行われる残酷な拷問場面のうち、とくに新機軸で秀逸だと思われるものを、次にいくつか紹介しておこう。

料理人のエドモンドという女が、主人の逆鱗にふれて、罰を受けることになるのだが、彼女は四つん這いの姿勢をとらされ、巨大な氷の模造男根（長さ三十九センチ、太さ二十五センチ）を肛門に突き立てられるのである。冷蔵庫から出してきた氷の男根を女の臀に近づけると、その冷気のために、「すぐさま収縮が起り、舌を用いればすぐ開くその薔薇の花が、まるで糸で引っぱられたかのように（いそぎんちゃくの閉じる様を思わせて）すぼまるのだった……」しかし結局、エドモンドは氷の剣を強引に突き立てられ、叫び声をあげて失神し、肛門からおびただしく血を流し、そのまま氷がすっかり溶け切るまで、腸管のなかに氷を入れっ放しにしておかねばならなくなるのである。——私は今までに、各国のいろんな残酷小説を読み散らしてきたが、この種の拷問にぶつかったのは初めてであり、いささか唖然とした次第であった。

次に、十三歳の処女ミシュエレットが受ける拷問について述べよう。彼女は城中の水族館に連れて行かれ、二十匹ばかりの蛸《たこ》の群れている水槽のなかへ投げこまれる。蛸はその強い力の吸盤で、少女の肢体にぴったり貼りつき、少女は水中に髪ふり乱して、吸盤の痛さにじたばたもがく。この有様を見てひどく興奮したモンキュは、自分も水槽のなかへ躍りこみ、ミシュエレットに貼りついた蛸を引き剝がすや、彼女の二つの処女を乱暴に奪うのである。——作者はこのシーンを描くのに、おそらく、北斎の名高い浮世絵に想を得たのではなかろうか、と私は考える。

ミシュエレットに対する拷問は、それだけではまだ終らず、次に彼女は巨大な二匹の犬、ネルソンおよびウェリントンに凌辱されるのだが、ここらあたりはやや通俗で、マンディアルグともあろう人の作としては、芸がなさすぎると申さねばなるまい。

この小説中の圧巻ともいうべき、最高の残酷シーンは、やはりモンキュの戦争時代の回想の一場面であろう。当時、親独派の仮面をかぶっていたモンキュは、ドイツ軍のイギリス方面空軍司令官フォン・ノヴァル男爵と親しくつき合っていたが、男爵はその傍に、いつも姪《めい》のヴァルムドレック嬢という美しい娘を伴っていた。ところで、彼女にはコンラディンという若い中尉の許婚者があり、この若い二人の仲睦まじい様子を日頃から妬《ねた》ましく思っていたモンキュは、あるとき、フランス人抗独派の援助を得て、欺いて彼ら三人のドイツ人を城中の一室に監禁し、ナチスに怨みをもつ二人のユダヤ人をけしかけて、ノヴァル男爵とコンラディンとをさんざんなぶり者にし、寸々試しにして虐殺するのである。ユダヤ人に命じて、鋏で中尉の男根の包皮を切除させたり、中尉の睾丸を食いちぎらせ、生のまま彼らに食わせたり、娘を鶏姦したあとの糞まみれの男根を、娘の叔父のノヴァル男爵の口にしゃぶらせたりする。手を変え品を変え、二人の男をさんざんいたぶりながら、その目の前で、娘をもてあそび、娘の身体を自由にするのである。娘の方も、サディスト的素質の十分にある淫奔な女で、つい先刻まで親しかった許婚者や叔父を、モンキュと一緒になって辱しめたり痛めつけたりしながら、その残酷シーンに大いに淫欲を燃やし、あげくには、割れたコニャックの瓶で叔父の顔を滅茶苦茶にしてしまうという狂態ぶりを示す。——このドイツ人の貴族の娘が、戦後の現在、城中に住んでいる通称ルナなる娘だったのだ。

小説の大詰めで、いよいよ兇暴になったモンキュは、ある「実験」を行うと称して、城のテラスに「私」を呼び寄せ、あらかじめ実験のために城中に用意しておいたらしい、一組の若い母と息子を「私」にさし示す。そして母を十字架にしばりつけ、その眼の前で、まだ赤ん坊である息子の生皮を剝ぎ、気も顚倒している女を黒人奴隷に凌辱させながら、彼女の脈膊をはかる。「実験」というのは、眼の前で息子が惨殺された瞬間でも、若い女の肉体は否応なく快感を味わわねばならないものだ、ということを確認するためだった。

しかし「私」は、実験の最中、急に不機嫌になった主人モンキュに怖れをなし、いつまでもこんなところにいたら、やがては自分の命も危なくなるのではないか、という不安に取り憑《つ》かれる。そして、一刻も早く城中を逃げ出さねばならぬ、と決意し、取るものも取りあえず、大急ぎで自動車で脱走するのである。何が「私」をこれほどまでに不安にさせたのか。原因は、前に「私」が聞かされた、次のようなモンキュの怖るべき言葉であった。「ガムユッシュの城は、いつも勃起している巨大な男根なのさ。一瞬で射精することだってできるんだ。この城の睾丸にあたる部分は、岩のなかに深く掘られた地下室だよ。そこには、ドイツやイギリスやアメリカの軍隊から盗んだ爆薬が、いっぱい詰まっているのさ。おれがちょっと電気仕掛の押しボタンを押せば、たちまちこの男根は射精し、精液は大気中にほとばしり、空いちめん、囚人服みたいに糊だらけになっちまうのさ。いつかきっと、おれはボタンを押してやるぜ。おれが、勃起はしたけれど、もう射精することができないというような状態になったらな。つまり、ガムユッシュの射精は、おれの敗北の復讐というわけさ。」

「私」が命からがらガムユッシュの城を脱出して、家に帰ってから三週間ばかりすると、地方新聞の三面記事に、果して、次のようなニュースの出ているのが見つかった。すなわち、「昨夕刻、この地方に異様な大爆発が起った。恐ろしい垂直の稲妻が、空を赤々と照らし出した。同時に家々が震動し、大音響が住民や家畜の群を混乱におとし入れた。この奇怪な現象の原因については、もっぱら原子力の実験だとか、密輸入者の失態だとか、いろいろと臆測がなされている」と。

その後、ガムユッシュの城の喪失が確認され、城主の行方不明が伝えられると、新聞は、「人類愛に燃えたレジスタンスの闘士、民主主義者、愛国者」たるイギリス人マウントアース氏の輝かしい行跡を、筆を揃えて賞讃しはじめるようになった。そして、やがてサン・コワ市の市役所前広場に、この英雄の胸像が建つことになり、資金集めの運動が展開されるにいたった。「私」はといえば、モンキュ氏の爆死の原因が、ついにやってきた彼の射精不能にあったことを疑う者ではなかったが、あえて少額の金を寄附して、資金集めの運動に協力した。たぶん、こんなやり方が、今は草葉のかげにいる、あのシニカルな人物を喜ばすにちがいないと思われたからである。……

以上のごとく、マンディアルグの匿名作品『イギリス人』の物語は終っている。

＊

城砦爆破（＝射精）のエピソオドは、まさに超現実主義の「黒いユーモア」を絵に描いたようなもので、私は一読、その壮大なファリック・ナルシシズムに驚嘆した。この最後のエピソオドは、映画や漫画にしてもおもしろいだろうな、と思わないわけにはいかなかった。要するに、この文学的ポルノグラフィーの読後感は、その残忍なサディズム描写にもかかわらず、きわめて爽快なのである。

全巻最後の文句は、きわめて意味深長なので、次に正確に引用しておきたい。「けれども、あの（女体の）薔薇色も、あの白も、かつてモンキュが私に言った『エロスは黒い神である』という言葉を、決して忘れさせることはあるまい」と。

神は死んだかどうかの詮議はさておき、「エロスは黒い神である」とは、いかにもマンディアルグらしく、彼の持論は「白いエロスと黒いエロスが存在する」ということなのである。そして前者（白いエロス）は、「愛の広大な輝かしい王国を支配」し、後者（黒いエロス）は、「よかれあしかれエロティシズムの名で呼ばれるすべてのものを、その影で覆いかくす」という。今日、文学におけるエロティシズムの領域でも、この「黒いエロス」の翼は、ますます暗く地平線を覆いつつあるかに見える。高級な手すさびとしても、文学的実験としても、ポルノグラフィーのなかから、どんな異様な顔貌をした「黒いエロス」が飛び出すことか、私には甚だ興味がある。

黒魔術考

序

男女の妖術使たちの夜の集会、および彼らがそこで行う悪魔的なミサを、サバト（夜宴）と称する。このサバトが、果して歴史的に実在したか否かということは、人類学や民俗学の見地からも、しばしば問題にされてきたようであるが、少なくとも中世の民衆の抑圧された性本能の、解放のための秘密の祭という意味では、たしかに実在したと信ずべき根拠があるであろう。古代ギリシア・ローマのディオニュソス祭儀――熱狂した半裸の男女たちが陽物像をかつぎ、髪ふり乱して山野を駈けずりまわり、子供や仔山羊を引き裂いたという、あの古代農耕民族の陶酔と流血と乱交の祭儀が、いわば中世のサバトの遠い淵源なのである。それは民衆の欲求不満を解消する、一種のカタルシスともいうべきものだった。キリスト教が支配権を確立して後も、この民衆の呪《のろ》われた夜の宗教は、その弾圧のかげに隠れて、かなり長いこと生きのびた。西欧の魔女崇拝が、原始宗教的な祭儀の変形もしくは退化であり、古代において盛んであった豊穣信仰の名残りにほかならないという、このサバトの起源に関する魅力的な学説は、今ではかなり一般化してしまったけれども、その最初の提唱者は、エジプト学の権威であったイギリスのマーガレット・マリー教授であった。

一方、ミシュレのような学者の断言しているところでは、中世のサバトは、封建領主に反抗する農奴たちの秘密の集会ということであるが、これもまた、きわめて魅力的な問題提起と言わねばならない。たしかに、そういう面もあったにちがいなく、もしそうだったとすれば、これは二十世紀のアメリカにおける黒人の反抗——ジャズや麻薬の耽溺はまさに彼らのサバトであろう——や、ヒッピーに代表される反体制のフリーセックス、あるいはまた、さまざまな時代の異端的なアナキズムの運動とも、密接な関係をもってくることになるだろう。

ここでは、しかし、サバトの起源に関する歴史的・民俗学的探求に深入りすることはやめて、悪魔礼拝に関する、もっと現象的な面に記述を限定していこうと思う。

ただ、その前に、サバトと黒ミサの相違を明らかにしておくのが順序であろう。前にも述べたように、サバトはその異教的なオルギア（乱痴気騒ぎ）としての性格により、世界中の農耕民族のもとに広く分布した密儀宗教――エジプトにも近東にもギリシアにもメキシコにもインドにも存在した――における、性的な入社式に近い関係を示しているのであるが、これとは逆に、悪魔を称えて神を冒瀆する黒ミサは、純粋にキリスト教のコンテキストから生じたものなのである。サバトが民衆的、開放的なのに対して、黒ミサは秘密結社的、密室的である。黒ミサがサバトから分れて独立し、もっぱらカトリックの礼拝式の転倒を試みるにいたったのは、十七世紀の中頃以後のことである。これについては、のちに詳述しよう。

サバト（夜宴）

主として水曜と金曜の晩に催される、サバトへの出発のための準備は、いつも定まりきった手続を踏むのにもかかわらず、そのたびに女妖術使たちを一種の失神状態《トランス》に陥らしめるほどのものだったらしい。結局のところ、それは飛行幻想もしくは浮揚幻覚とでも呼ぶよりほかない異常な精神状態であった。順序を追って説明しよう。

出発に先立って、女妖術使たちは老いも若きも煖炉の前に勢揃いし、衣服をすっかり脱ぎ棄てる。老婆が注意ぶかく、若い女の身体の各所、主として性感帯に香油を塗りこんでやる。この香油が、彼女たちに空を飛ぶような幻覚をあたえるとともに、その潤滑油としての効能により、箒《ほうき》に跨《また》がったり巨大な男根を迎え入れたりすることを容易ならしめるのである。香料の原料となるものは朝鮮朝顔《ダテュラ》、いぬほおずき、ベラドンナ、とりかぶと、大麻のエキスなどであり、これらの有毒植物はいずれも古代から、刺激剤あるいは麻酔剤として知られていたものばかりである。

クレーヴ公の侍医であったヨハン・ワイエルは、十六世紀当時にあって最も合理主義的な鬼神論者で、自分では妖術も香油の物質的効果も全く信じてはいなかったが、その名高い『悪魔の妄想について』（一五六三年）のなかで、次のように述べている。

「彼女たち（妖術使たち）は子供を銅の鍋のなかで煮て、上に浮いた脂肪をとり、さらにこの脂肪をスープのように濃く煮つめる。それから、このスープをしぼって、それにオランダ芹、とりかぶと、ポプラの葉、煤を混ぜ、さらに大茴香《ういきょう》、石菖《せきしょう》、姫蛇苺《いちご》、蝙蝠《こうもり》の血、油などを練り合わせる。この香油を全身に隈なく、皮膚が赤くなるまで擦りこむのであるが、それは寒さによって収縮した皮膚を弛緩させるためなのだ。皮膚がしっとりと柔らかくなり、毛孔が開くと、次にはそこに獣脂あるいは油を塗りこむ。これは香油を皮膚の中まで滲みこませ、その効果を倍加させるためにほかならない。こうして、彼女たちは月の明るい夜、宴会の場所に運ばれて、音楽を聴いたりダンスを踊ったり、好きな色男に抱かれたりする幻想をいだくのである。これこそは想像力の効果であり、記憶と呼ばれる脳髄作用のほとんど大部分は、これによって占められるのである。」

十六、十七世紀の哲学者カルダーノ、マルブランシュ、ガッサンディらによって試みられた実験は、いずれも香油の効き目が全くないということを証明していた。それでも肉体的な衰弱や、アルコールや麻薬の濫用や、催眠状態や疲労などから、幻覚が生じるということは十分にあり得るし、妖術使たちは貧困と窮乏生活の欲求不満から、夢を見ることをつねに望んでいたので、ちょっとした刺激を受ければすぐに反応する精神的、肉体的状態にあったのかもしれないのだ。だから、香油の使用は単なる儀式的なものにすぎなかったとしても、それなりに効果を発揮したということは考えられてよいのである。

サバトの行われる場所には、かつて人身御供の捧げられたドルイド教の祭壇石の残っている草原、メルキュール神殿のそそり立つ山頂、ゴール神話のテウターテス神の祀られた寺院のある荒廃地などといった、古代の宗教の廃墟が好んで選ばれた。こっそり家を出た女妖術使たちは、三々五々、この集会の場所にやってくると、黙々としてふたたび一団を形成する。ある者は人間の脂でつくった蠟燭を手にしている。また他の者は、奇怪な形をしたマンドラゴラの根とか、ホムンクルス（侏儒《こびと》）のはいったガラス瓶とかを持っている。ソーセージとか、豚の足とか、蕪《かぶ》とか、人蔘《にんじん》とか、その形が何となく淫猥かつ滑稽な感じのするものを持っている者もある。

こうした息づまるような雰囲気のなかで、少しずつ、あちらこちらに男女のグループが形づくられる。やがて髪ふり乱した女たちと、全裸の男たちの長い行列が、徐々に中心に向かって動いてゆく。中心には、半ば人間で半ば山羊の姿をした、サバトの主宰者たる巨大な悪魔レオナールが玉座についている。

「悪魔の顔は」と有名な妖術裁判官のドランクルが書いている、「一般に悲しげなしかめ面である。額には小さな角と、山羊の角に似た非常に大きな三本の角が生えているが、そのうち一本は頭の前面、他の二本は頭のうしろにある。この前面の角から発する光は、太陽のそれほど明るくはないが、月のそれよりはるかに強烈で、集まった人々のすべてを照らし出すほどである。目は丸く大きく、無気味に爛々と輝き、髯は山羊のようである。顔は黒く、身体は人間のようでもあり、また山羊のようでもある。手足の指の大きさは普通の人間のそれと変らないが、手の指は猛禽《もうきん》の爪のように細く鉤形に曲っており、足の指は鵞鳥《がちょう》のように水かきがある。声はおそろしく調子外れで、そいつが喋ると、まるで騾馬《らば》の鳴き声を聞いたような気がする。言葉は不明瞭で、はっきりしない。甲高い嗄れ声であ

る。」（『堕天使および悪魔の変容図』一六一三年）

　この気味わるい怪物の前に、男女の妖術使たちは敬虔《けいけん》な態度で頭を下げるのである。母親は悪魔の前に、まだ処女の娘を連れてゆき、娘の身体のどこかに、悪魔の爪で、洗礼を無効にする印をつけてもらったり、その夜の集会の女王に自分の娘を選んでもらったりする。ある者は悪魔と契約を取り交わし、悪魔の「黒い本」に自分の名前を書きとめてもらう。そして悪魔のために、毎月あるいは二週間に一度、一人の子供を殺すことを約束する。ある者は自分が狼に変身して、牝狼と交わったり、子供を食ったりするための方法を悪魔に教えてもらう。自分の行ったさまざまな悪事、瀆聖行為やら呪いの儀式やら獣姦やらを、いちいち悪魔に報告する者もいる。そして最後に、彼ら一同は悪魔の尻と性器に、うやうやしく接吻するのである。

　それが済むと、悪魔は小高い丘の上にのぼり、さかさまに着たミサ用の法衣の裾をまくって、参会者一同の頭の上に小便をひりかける。いわゆる黒ミサの始まりである。カトリックのミサを愚弄するのが目的であるから、告白の祈りやハレルヤなどを唱えるのは省略する。説教は最初から最後まで、不潔な言葉や瀆神の言葉の連続である。サバトにしばしば参加して、悪魔と肉体的関係をむすんだという女妖術使マリー・ド・サンスの告白によると、ある晩、悪魔はアスモデウス（ドランクルによれば「地獄の第四位階の首長」である）の姿をして、次のような説教を試みたという。

「皆の衆、われらは今夜、ソドミー（男色または獣姦）のサバトを挙行するであろうぞ。ソドミーは、ルキフェル（地獄の大魔王）様の大そうお気に入りの行為じゃ。わしは皆の衆に、それぞれの義務を立派に果すことをお願いしますぞ。お互いに気をそそり、情をそそり合うがよろしい。淫蕩の王たるわしを手本にするがよろしい。もしも皆の衆がこの行為をしばしば実行するならば、この世で善い報いを受けるのはもちろん、あの世へ行っても永遠の生命を授かりますするぞ。」

聖体パンと葡萄酒の代りに、この悪魔の黒ミサで用いられるのは、聖盃の水と赤蕪《あかかぶ》の薄切れである。悪魔の信者はこれを拝領して食べるわけだ。赤蕪の代りに、靴の底革の切れっぱし、あるいは焦げたパンの堅い皮が用いられることもある。また悪徳司祭が教会から盗んできた、本物の聖体パンが信者に配られることもある。聖職者の身でありながら、ひそかにサバトに参加して、黒ミサを執行していた背徳坊主もいたのである。妖術使たちは、この本物の聖体パンを好んで精液で汚したという。女妖術使マドレーヌ・バヴァンの告白によると、サバトを主宰した司祭たちは、「大きな聖体パンをもってミサの式を挙行し、その後、これを中央より二つに切断する。そうして、このパンを、それと同様に処置した羊皮紙に貼付し、汚らわしい方法によって、淫欲を満足せしめるために使用した」という。

つまり、オナニズムのためにパンを利用したというわけだ。

ジュール・ボワの『悪魔学と魔術』（一八九六年）という本の序文で、悪魔学に造詣の深い小説家のユイスマンスは、十九世紀末の現在においても、ひそかに各地で黒ミサが行われているにちがいないという確信を述べ、その証拠として、去年の復活祭の火曜日に、パリのノートルダム寺院の礼拝堂から、五十個の祝聖された聖体パンの入った聖体器が二個、ある老婆の手によって、ひそかに持ち去られたという事実をあげている。ユイスマンスの調査したところでは、聖体器が何者かによって盗まれたという事件は、その頃、かなり頻々と各地の教会で起っており、それは明らかに悪魔礼拝の実在を暗示しているのだそうである。

さて、サバトにおいては、この不潔なエロティックな黒ミサが終ると、しばしば胸のむかつくような人肉嗜食の饗宴が開かれる。音楽の演奏とともに参会者一同は揃ってテーブルにつき、腐った肉や生まの肉、あるいは塩なしで茹《ゆ》でた赤ん坊の肉にむしゃぶりつくのである。塩は悪魔の嫌いなものだから、これを用いることは厳禁されている。熱く煮えた大鍋には、刑死人の骨から取ったスープが濛々と湯気を立てており、その中に蟇《がま》の内臓だの、魔法の草だの、洗礼を受けずに死んだ赤ん坊の屍体だの、堕ろした胎児だのが一緒くたに投げこまれるのだ。心臓や肝臓や肺は、サバトの主君である悪魔のテーブルに運ばれる。参会者たちは、残りものの屑肉で我慢しなければならない。それにしても、常人の神経にはとても堪えられぬ、この腐肉や屍肉の猛烈な悪臭に、彼らはよく堪えられたものである。もしかしたら、彼らは屍姦症者によくその例を見るように、すでにほとんど嗅覚を喪失していたのかもしれない。

次は淫靡なダンスである。食後の腹ごなしに、二人ずつ背中合わせになって、大きな踊りの輪が形づくられる。香油と汗にしとど濡れた、裸の尻と背中を擦り合わせているうちに、興奮はいよいよ高まり、みだらな情欲に火がつく。むんむんするような獣の脂っこい臭いと、毒草の濃厚な香りとが、夜の空気のなかを一面に立ちこめる。もちろん、もつれ合った男女の性的な分泌物の臭いも、これに混っていることだろう。

やがて魔王が、その夜の女王として選ばれた娘を引っとらえ、祭壇の上に彼女を押し倒すと、参会者一同も、これにならって、それぞれ手近の男女に抱きつき、からみつく。ある者は、さかりのついた牝山羊や、よく肥えた豚や羊を相手にする。女も一切の慎しみ深さを忘れ、あたかもニンフォマニア（色情狂）のようになり、普段はとても考えられない大胆な技巧を弄《ろう》するようになる。フロラン・ド・レーモンの記述によれば、「山羊は娘を傍らへ引っぱってゆき、藪のなかへ寝かせて彼女と交わった。彼女はそのとき極端な苦痛を味わい、氷のように冷たい精液を感じて、ぞっとした。」（『偽キリスト』一五九七年）

サバトにおける男女入り乱れての乱交の模様を描写していたら、おそらく、何ページを費しても切りがないだろう。夜の集会場の野原は、まるで巨大な淫売屋か、ローマの公衆浴場のごとき有様に一変する。ドランクルの表現によれば、そこでは「ありとあらゆる怖ろしい、穢らわしい、自然に反した欲望が、がむしゃらに追い求められる」のだ。夫婦でサバトに参加しても、ここでは嫉妬という感情は全く通用しない。魔王は夫の腕から、平然と妻を奪い去り、夫の見ている前で、無理無体に彼女を犯すのである。魔王の気に入るように、すすんで自分の妻を彼に提供しようとする夫さえいる。ドランクルの『呪詛の無信仰と不敬』（一六二二年）という本に引用されている、バルテルミー・メニゲという男の妻シルヴィーヌ・ド・ラプレーヌ二十三歳の告白によれば、サバトの主君たる悪魔は、「その場にいたすべての女と性交渉をもった。悪魔が自分と関係しているとき、自分の夫もそれを見ていた。悪魔が自分の横に寝て、自分の下腹に手をのせたとき、あまりの冷たさに肝をつぶして、そのことを夫に訴えると、夫は『だまってろ、馬鹿、つべこべ言うな！』と怒鳴った」そうである。

サバトの悪魔が鶏姦を非常に好み、男に対しても女に対しても、この倒錯行為をしばしば実行したということは、有名な妖術裁判官であるニコラス・レミーの『魔神礼拝』（一五九五年）にも、またシルヴェストル・プレリアスの『巫女の不思議考』（一五七五年）にも確言されている。悪魔の器官は先端が二つに分岐しているので、女の膣と肛門とを同時に楽しむことができる、というような突拍子もない意見さえあった。妖術裁判で、悪魔と交わったことを告白している女たちが、この悪魔の器官について、どんな証言を残しているかを次に見てみよう。

「悪魔の性器は」と十六歳の少女ジャンヌ・ダバディが報告している。「鱗《うろこ》だらけです。挿入の時は縮んでいますが、内部で勃起するので、抜く時は鱗が刺さって痛いのです。だから誰でも悪魔の相手をするのを避けようとします。ベルゼブル（地獄の王子といわれる悪魔）が数人の女と関係した時は、彼女たちはいずれも極度の痛みに苦しみました。あたしは彼女たちが泣き叫ぶのを聞きましたし、行為が終ったとき、彼女たちが血だらけになっているのを見ました。悪魔の男根は伸ばせば約一オーヌ（一メートル強）もありますが、蛇のようにくるくると巻いているのです。あたしも悪魔と関係した時は、いつも大そう苦しみました。」

一五九一年に裁判を受けたフランソワズ・フォンテーヌという女は、次のように述べている。「悪魔の男根はとても堅く黒く、しかも太いので、関係した女は非常な苦痛に堪えねばなりません。石みたいに堅くて、とても冷たいのです。太いから抜く時には大そう苦労します。牡犬と牝犬のように、いつまでも離れられないこともあります。」

マルグリット・ド・サールの証言は、次の通りである。すなわち、悪魔は「必ず騾馬の男根を所有している。いちばん精力のある動物の男根を、彼らは好んで模倣したのであろう」と。

マリー・マリグラーヌは、次のように報告している。「悪魔は二つの部分から成る男根をもっている。半分は鉄で、もう半分は肉で、これが縦に二分されているのだ。女たちは悪魔と関係するとき、お産で苦しんでいるように泣き叫ぶ」と。

フランソワズ・スクレタンの告白によれば、「悪魔の性器は犬か猫のそれに似ているが、その精液は凍るように冷たい」という。またシルヴィーヌ・ド・ラプレーヌの供述によれば、「悪魔との交渉は、最初は氷のように冷たく、やがて火のように熱くなるので、まことに苦しい」という。

これらの女たちの驚くべき証言は、すべてドランクルやアンリ・ボゲ（『呪わしき妖術使談』一六〇二年）の本のなかに引用されているもので、いい加減な出典では決してないのである。悪魔と交わっても快感がないということ、悪魔の性器が氷のように冷たく感じられるということ、つまり、これらの感覚脱失的な肉体現象は、現代の女性ヒステリー患者の症例とくらべてみた場合にも、きわめて興味ある類似を示しているように思われる。

悪魔の性行為における精力絶倫ぶりも、当時の多くの学者の注意を惹いた点であった。

それと同時に、かつての鬼神論者たちをいたく驚かせたのは、悪魔の男根の並み外れて巨大な点である。そんなことがあり得ようか！　しかし彼らは、超絶的な能力をもった悪魔にはすべてが可能なのだ、と考えることによって、この馬鹿馬鹿しいほど非合理な話を、あえて科学的に究明する気にはならなかったようである。

ところで、近代にいたってサバトの歴史的実在性を信じようとした学者のなかには、この悪魔の途方もない男根に関しても、納得のいくような仮説を提出しなければ気が済まない者がいた。モンタギュー・サマーズ（『魔女と鬼神論の歴史』一九二六年）、マーガレット・マリー（『妖術使たちの神』一九五七年）、ラットレー・テーラー（『歴史の性的解釈』一九五四年）、ヘンリー・ローズ（『悪魔のミサ』一九五五年）などの妖術研究家は、いずれも人工陽物、模造男根を使ったという意見の持主であるが、なるほど、そう言われてみれば、それは大いにあり得ることである。

じつを言えば、ヨハン・ワイエルの『悪魔の妄想について』にも、ドランクルその他の妖術裁判官の記録にも、このことは言外に暗示されていたのであった。すなわち、サバトには、仮面で顔をかくした貴族や貴婦人や司祭たちも参加していて、彼らはあたかも秘密のセックス・パーティーにおけるごとく、悪魔に扮装したり黒ミサを執行したりすることを楽しんでいたということであるが、こういう人物たちの存在を認めるならば、模造男根使用の仮説も、おのずから信憑性を増してくるはずであろう。

古代から張形《はりかた》すなわち模造男根の使用は、エロティックな遊戯的快楽を好むあらゆる階層に普及していた。アリストパネス、ペトロニウス、ヘロンダスなどの古代作家の書物をひらけば、このことは一目瞭然であろう。旧約の「エゼキエル書」にも、イスラエルの娘たちの淫逸を戒める預言者の言葉として、「汝はわが汝にあたえし金銀の飾りの品を取り、男の像を造りて之と姦淫をおこない」とある通りだ。中世の禁欲主義的な尼僧院においても、もちろん、ひそかに張形を愛用する者がいた。さればこそ、アルノビウス、アレクサンドレイアのクレメンス、ナツィアンツのグレゴリウス、ラクタンティウス、聖アウグスティヌスのごとき神学者あるいは護教家が、その使用を厳重に戒めた文章を書いているのである。

ちなみに、女妖術使には男のペニスを消失せしめる力がある、という迷信もあった。妖術使弾圧のための法典として名高いヤコブ・シュプレンガーの『巫女の鉄槌』（一四八七年）には、女妖術使たちが奪い取った男根を呪具として用いるため、樹の上の鳥の巣や、箱のなかに入れて貯蔵しておく、といったような奇怪な話（第二部設問一第七章）さえ出ているくらいである。

妖術迫害

カトリック教会が妖術に対して、断乎たる厳しい態度をとり出したのは、ほぼ十三世紀末からである。その理由は、ジャン・パルーによれば、「十三世紀末になって、近東諸国の異教がヨーロッパに伝わり、教会にも影響を及ぼしたことが一つ、同時に教会の内部の問題として、僧侶の独身生活が広く行われるようになったことが一つ」である。つまり、異教の渡来という外からの危険に対する教会側の防衛と、悪魔の幻影という内面からの誘惑に対する闘いとが、異端の迫害という怖るべき結果を生ぜしめたのである。僧侶の禁欲生活を守るために、教会側にとっても、闘う相手として悪魔は必要だったのであり、ここにこそ、妖術信仰のパラドックスが伏在していたのだ。

裁判所に引き出された妖術使たちが告白する、細々としたサバトの儀式や悪魔との交渉の模様は、したがって、見方によれば、すべて彼らを訊問する裁判官の頭の中から生じた、想像力による虚構の物語だと言えば言えないこともないであろう。裁判官にとっても妖術使にとっても、問題は深層心理に属することだった。むろん、前にも述べたように、サバトは歴史的に実在したと考えてよい根拠はあるのだけれども、すべての妖術使たちの告白に認められる、あのように千篇一律な、しかも詳細をきわめた、サバトや黒ミサの儀式の情景は、事実そのものとは関係のない、むしろ訊問者と供述者との緊密な協力によって作り上げられた、一時代の強迫観念の文学的表現、といった感をいだかしめるのである。教会の権威と正義によって守られていた裁判官たちは、よしんば拷問によって告白を引き出すことにサディスティックな快楽をおぼえたとしても、何ら良心に疚《やま》しさを感じる理由はなかったのである。教会にとって必要な悪魔学の体系を裏打ちするために、いわば民衆の告白を収集整理し、これを精緻な理論にまで磨き上げたのが妖術裁判官である。要するに、必要な告白だけを引き出せばよかったのである。

「裁判官よ、妖術使を罰するために判決を下すに当っては、どんなに厳しくしても恐れることはない」と書いているのはニコラス・レミーである。「妖術裁判では、どんな方法を使っても卑劣にならない」と言明しているのは『魔法考究』（一六一一年）の著者デルリオ師である。「妖術使が裁判官もしくは死刑執行人に危害を加えることは不可能なのである」と断言しているのは名高い『鬼憑狂』（一五八〇年）の著者ジャン・ボダンである。こうして、多くの鬼神論の専門家の理論的バック・アップにより、裁判の現場にのぞむ審問官たちは、心安らかに妖術使を苦しめることができるようになったのであり、どんなに陰険な策略や誘導訊問を用いて、彼らのサディスティックな嗜好を満足させるような、好色淫靡な告白を引き出しても構わないことになったのである。ミシュレによれば、鬼神論者のうちで最も女に親切な男であるドランクルは、同時にまた、このような告白を引き出すことに最も長じた裁判官でもあった。名著『女妖術使』（一八六二年）のなかで、ミシュレが次のように述べているのを見られたい。

「このボルドー生まれの愛想のよい司法官は、十七世紀において、陰気な法服を明るくした、あの俗気たっぷりな裁判官たちの最初の典型であった。裁判の幕間に竪琴を奏でたり、火炙《ひあぶ》りにする前に女妖術使たちに踊りを踊らせたりさえするのである。文章には巧みで、ほかの裁判官の誰よりもずっと明晰である。にもかかわらず、彼のなかには、この時代に固有の盲点があったと思われる。それは、あまりに女妖術使の数が多すぎて、とても全部を焼き殺すわけにはいかないとなれば、彼女らの方もそれを心得て、裁判官の心と情熱のなかにいちばん深く入りこんだ者に対して、裁判官が寛大になるだろうと考えるにちがいない、ということである。裁判官の情熱とは、どんな情熱であろうか。まず通俗的な情熱、つまり奇々怪々なことを好む心、恐怖の快楽であり、また、はっきり言っておかねばならないが、卑猥な事柄を喜ぶ気持である。」

訊問者と告白者の無意識の共犯関係を暴露した、これはまことに見事な分析と言うべきである。この文章の次に、「女妖術使はどんな破廉恥な下品な質問をされても、どんな穢らわしい訊問を受けても決して顔を赤らめない」というドランクルの文章を並べてみれば、この間の事情はさらに明瞭になるだろう。いったい、悪魔はどこにいるのか。

ともあれ、このようにして、世に名高い魔女狩りの大惨事が惹起されたのであり、あたかも古代の宗教の人間供犠か、ローマの円形闘技場の大殺戮《さつりく》の復活かとも思われる、あの物々しい異端糾問や火刑台の恐怖が現出したのである。十六世紀以後、ヨーロッパのあらゆる国で、妖術に対する苛酷な迫害は最高潮に達した。

悪魔の印を見つけ出すために、裁判官は女妖術使を全裸にして、その身体を隈なく検べた。悪魔がサバトの席で、洗礼を無効にする印をつける習慣だったことは、前にも述べた通りである。この印は、ほとんど目に見えないので、裸にされた女妖術使の身体に、外科医が慎重に長い針を刺してゆくという方法が採用された。悪魔の印のある部分は、そこだけ無感覚になっているはずだからである。ほくろや痣《あざ》も、この印ではないかと疑われた。こんな奇妙な鑑別法は、まだほかにもいろいろあった。たとえば、悪名高い十七世紀イギリスの魔女迫害者マシュー・ホプキンスがとくに固執した、副乳というのがある。通常の乳房の上に、小さな一対の余分の乳房が残っている女性が稀に存在するが、この副乳の持主が女妖術使だと言うのである。拷問の苦痛に遭って涙をこぼさないのも、妖術使の証拠であった。また「水審判」という残忍な拷問の方法は、被疑者を縛って水槽のなかへ投げこみ、もし彼女が水中に沈んだ時には無罪、浮かんだ時には有罪とする方法である。

こうして、裸にしたり、鞭で打ったり、全身の毛を剃ったり、爪を剝がしたり、水責めにしたり、硫黄で焼いたり、ありとあらゆる複雑な拷問の手段を用いて、異端審問官は、有罪の証拠を発見しようと躍起になったのである。ドランクルは、デサイユと呼ばれる女妖術使が、火刑に処せられる前に、死刑執行人に最後の接吻をあたえるのを拒んだことを、さも驚いたように報告している。「悪魔の尻にしばしば押しつけられた唇を、彼女は汚したくなかったのである」と。何という手前勝手な論理であろう。

黒ミサ

妖術に対するあまりにも苛酷な迫害が、選ばれた少数者のセクトにおいて行われる、各種の秘密結社の儀礼を誕生せしめた、とも言い得るだろう。かくてキリスト教の正統信仰の裏側に、あたかも地下の底流のように、時代の流れを追って、ひそかに秘密の伝統が維持されることになったのである。サバトの乱痴気騒ぎ、広い野原で行われた性の饗宴に代って、背教の堕落坊主が主宰する、地獄の礼拝者や官能の神秘主義者たちのための密室的なグループが形成された。一口に黒ミサと言っても、時代やセクトの相違によって、その儀式の内容も大いに異なることを認めなければならないが、そこに参加する人間が、あらゆる正統的なものに対する根強い反感、嫌悪、あるいは怨恨をいだいているということだけは、まず確実に言えるのではないかと思う。そして近代の黒ミサは、一方では、この傾向をいよいよ強め、血まみれな陰惨な、いわば復讐《ふくしゅう》的な性格を露わにしてゆくとともに、また他方では、多少スリルのある、ブルジョワ階級の気晴らしとしての性格をも併せ持つようになったのである。サバトに集まった中世の悪魔の信者たちと、倦怠にやつれた青白い「甘い生活」の主人公たちとは、明らかに区別しなければならないだろう。

前にも書いたように、サバトの乱痴気騒ぎが下火になって、サバトから黒ミサが完全に独立するのは、十七世紀の中頃以後のことであるが、むろん、それ以前にも、黒ミサと呼んで差支えないような、悪魔礼拝を事とする異端の宗教は古くから存在した。古代の教会が性的乱行と人肉嗜食の罪状によって告発したアダム派やモンタヌス派は、いわばキリスト教から派生した最初の異端であろう。ロベール信心王の時代（十一世紀）に全信徒が焼き殺されたオルレアンのマニ教徒も、夜中に集会をひらき、お祈りのような歌を歌って悪霊を喚び出し、蠟燭を消した真っ暗な家のなかで、男女、親子、老若、入り乱れて性的乱行にふけると非難された。コーゾンの『フランスにおける魔法と妖術の歴史』（一九二二年）に引用されたオルレアン宗教会議の決議録には、次のようにある。「もしこの不潔な交渉から子供が生れれば、古代の異教徒の例にならって、八日目に燃える火のなかに投げこんで焼いてしまう。小さな屍体の灰は、注意深く集められ保存される。この灰は悪魔の企みにより、驚くべき力を有しているという。すなわち、異端に身を捧げる者は、この灰を少しでも味わったが最後、悪の道に迷いこみ、二度とふたたび正道には戻れなくなるのである」と。

この宗教会議の決議録は、きわめて重要な意義をおびている。というのは、教会がマニ教徒に負わせたありとあらゆる罪が、やがてカタリ派、シュテディンガー派（北ドイツ沿岸に住んだ農民）、テンプル騎士団、その他すべての異端的小宗派に対する告発の口実となったからだ。性的乱行と嬰児殺しは、中世の教会が異端を告発するとき、必ず挙げる不吉な罪名である。一二三三年、グレゴリウス九世の十字軍に滅ぼされたシュテディンガー派の妖術使たちは、サバトにおけるように、暗い洞窟のなかで、悪魔の冷たい毛むくじゃらの背中に接吻するという儀式を行っていたという。テンプル騎士団に対して加えられたフランス王と教会側の非難攻撃は、あまりにも有名である。すなわち、彼らは十字架に唾を吐きかけ、バフォメットと称する淫猥な両性具有神像を礼拝し、新入団員に男色行為を強制していた、というのである。一三〇七年に発行されたテンプル騎士団員に対する逮捕状の付属書類に、次のようなショッキングな記述があるから引用しておこう。

「入団を許された者は、それまで着用していた俗界の衣服を脱がされ、裸体にされて、古参団員の前に立たされる。そして同騎士団の穢らわしい儀式にしたがって、古参団員の接吻を受ける。まず最初は背骨の下、次には臍の上、そして最後には、人間の尊厳を汚すべく、唇の上である。かかる嫌悪すべき行為によって神聖な掟を傷つけた後、さらに彼らは入団の誓いに基づき、団員同士、互いに身を任せ合うことを余儀なくされる。ひとたび入団すれば、この恥ずべき申し出を拒否することはできないのである。」

ともあれ、中世最大の血みどろの黒ミサ事件として逸すべからざるものは、やはり何と言ってもジル・ド・レエ侯のそれであろう。フランスの元帥であり、ジャンヌ・ダルクの崇拝者であったジルが、故郷の領地のティフォージュ城やマシュクール城の実験室で、教会の禁を破って錬金術に血道をあげた末、ついに悪魔礼拝のために犠牲にした男の子や女の子の数は、一説によれば、八百人以上と言われている。魔術の非常にさかんであったローマ頽唐期の皇帝を別とすれば、純粋に個人的な快楽のために、これほど多くの人間の生命を奪った者は稀有であろう。イタリア人の魔術師フランソワ・プレラティとともに、ジルが親しく喚び出していた悪魔は、バロンという名前の悪魔で、彼はこの地獄の使者のために、みずから潰した子供たちの手と心臓と眼とを捧げていたという。教会音楽の愛好家であったジルは、同時に最も洗練されたサディズムと流血趣味の持主であったようである。

異端絶滅のために何度も十字軍が組織されたり、苛酷な妖術裁判が行われたりして、教会側の追及の手は、日に日にきびしくなり勝ってゆく一方であったが、それでも悪魔に祈りを捧げる者の数は減りはしなかった。ジル・ド・レエの例は、封建領主の絶大な権力を利用して、神秘とエロティシズムへの限りない渇望を癒そうとし、ついにその増上慢を罰せられた者の例であるが、十六世紀になると、地上最大の権力者たる王のなかにも、ひそかに黒ミサに耽溺する者が現われた。いちばん有名なのは、みずから『魔神論』(一五九七年)一巻を書いたイングランド王ジェイムス一世と、聖バルテルミーの大虐殺に関係のあるフランス王シャルル九世およびアンリ三世である。(ジル・ド・レエの生涯について、またシャルル九世とその母カトリーヌ・ド・メディチの黒ミサ事件については、すでに拙著『黒魔術の手帖』のなかで詳しくふれておいたので、ここでは再説しないことにする。)「理性」の時代と呼ばれる十七世紀にも、その華々しい宮廷社交生活の裏面では、相変らず妖術使や背教の司祭が暗躍しており、有名なラ・ヴォワザンのような女毒薬使いが、恋仇きを呪い殺す相談に乗ったり、娼婦を斡旋《あっせん》したり、堕胎手術をしてやったりして、貴族やブルジョワの紳士方、あるいは貴婦人たちの絶大な信用を博していた。前にも書いたように、この頃から、黒ミサは都市の内部に入りこみ、特権階級の頽廃的な秘密の快楽に奉仕するものとなったのである。うるさい妻や嫉妬深い夫を厄介払いするために、仮面で顔をかくし、四輪馬車に乗って、こっそり女妖術使の家を訪れる男女が跡を絶たなかったというから、この時代の風俗の乱脈ぶりはひどいものである。

コーゾンによれば、「祈禱、九日祈禱、ミサ、大蠟燭、蟇《がま》、蝮蛇《まむし》、絞首刑で死んだ者の指、毒草、砒素、車刑で死んだ者の手、欲望をいだいている相手の顔が映るガラス玉、仙石、水銀、絞首刑で死んだ者の脂肪、経血、女の尿、毒を塗った靴、ハンカチ、手袋、花飾り、シュミーズまたは盃、焼き殺した土竜《もぐら》または鳩、黒または白の大蠟燭、聖体、聖油、奇妙な祈り文句、洗礼した蠟人形、悪霊との相談、悪魔の召喚、死児の屍体、嬰児の殺害、死人の骨、悪魔との契約、占星などといった、古い妖術の一切の要素、一切の術が、不吉な毒薬事件の中で混り合っている」（『フランスにおける魔法と妖術の歴史』）という。ラヴェッソンの『バスティーユ古記録』（一七八〇年）にも、ある娼婦が、周囲に黒い蠟燭を灯した魔法サークルのなかで子供を生み、その子供をただちに悪魔に捧げた、というような戦慄すべきエピソードがたくさん出ている。

各地の田舎の修道院でも、黒ミサや悪魔礼拝の罪で焼き殺された、聖職者や修道女の数は多いが、これらの事件で特徴的なのは、そこに性的な要素がつねに認められるということだろう。とくに有名な事件として記録に残っているのは、マルセイユのゴーフリディ事件、ルーダンのウルバン・グランディエ事件、ルーヴィエのマドレーヌ・バヴァン事件などである。ヒステリーや痙攣《けいれん》を伴なう修道院内の集団的な悪魔憑《つ》き現象は、しかし、どちらかと言えば異常心理学の範疇に属するものであって、悪魔に身を捧げた男の呪われた魂が犯させる、冷静残忍な犯罪とは趣きを異にする。そのような怖ろしい犯罪的な妖術使の例としては、まず第一に、ルイ十四世の愛妾モンテスパン侯爵夫人を捲き添えにして行われた、血なまぐさい嬰児殺しの黒ミサの主宰者、「藪にらみの老人」と異名をとった破戒僧ギブール師に指を屈しなければならないだろう。モンテスパン夫人を裸にして、仰向けに寝かせ、その腹を祭壇の代りに用いたという、この猟奇的な黒ミサの模様については、拙著『毒薬の手帖』および『黒魔術の手帖』に詳述してあるから、ここでは繰返さない。

一方、黒ミサから狂信的な要素が抜け落ち、サディスティックな流血への嗜好が影をひそめて、単に悪魔礼拝を口実として利用したような、放蕩者やディレッタントの遊びのサークルも誕生するようになった。神も悪魔も本当には信じていない道楽者が、いわば近代市民社会の法の目をすれすれに掠めて、わずかに昔の豪奢な悪魔礼拝の雰囲気を再現しよう、という寸法である。こうした快楽主義的な秘密結社の典型的なものが、十八世紀のイギリス貴族フランシス・ダッシュウッドの組織した「地獄の火クラブ」であり、また一七二三年、モンペリエで行われた「繋息派」の奇妙な礼拝式であろう。前者については前に書いたことがある（『秘密結社の手帖』）から、ここでは後者について、ややくわしく説明してみよう。

「繁息派」というのは、聖書のなかの神の言葉、「生めよ繁息《ふえ》よ地に満てよ」を絶対的な教義として、乱交を奨励したキリスト教の一派であり、この派の信者たちは、べつに自分たちが不道徳なことをしているとは少しも思っていなかったのである。しかし現実には、その意図がどこまで真面目なものであったのか、かなり疑わしいと申さねばならなかった。十八世紀の世相を反映した『日記』の作者として知られるバルビエの筆によって、その儀式の模様をお伝えしよう。

「モンペリエのさる貴婦人の家に、彼らは二百人ばかり集まっていた。十二、三人の司祭は、旧約のレビ族の神官のように、ヘブライ文字の描かれた星の模様のある法衣をまとっていた。集会の行われたのは夜で、司祭たちはミサを執行していた。広間には、三、四脚の寝台があり、お勤めのあいだ、一定の時間を置いて明りが消された。すると男は女を誘って、寝台の上に寝に行き、彼ら一同、それを順番に繰り返すのであった。やがて彼らのうちの十人ばかりは逮捕され、その裁判のために、特別の委員会が当地に派遣された。」

ここに見られるのは、紛う方なき黒ミサの退化であろう。おそらく、十九世紀初頭のロマンティシズムの運動が、神に叛逆する天使としての悪魔の栄光を復活せしめなかったならば、すでに退化しつつあった黒ミサは、そのまま忘却の淵に沈んでしまったかもしれないのである。「ロマン主義的な英雄は、不可能な善への郷愁から、悪を犯さなくてはならないと考える」とカミュ（『反抗的人間』）が書いている、「『若くて憂鬱で魅力的な』（ヴィニー）青年が、角のある獣に代る」と。神に打倒された悪魔の不当な運命に共感して、十九世紀初頭の詩人や画家たちは、忘却の闇の中から美しい悪魔の英雄的なイメージを引っぱり出そうとしたものであった。ドラクロワのメフィストフェレスが、その良い例であろう。しかし、こうした詩的熱狂も、ほんの一時期しか続きはしなかった。科学と技術の進歩とともに、悪魔のイメージもブルジョワ化し、通俗化して、ヴォードヴィルやオペラの滑稽な登場人物となり下がってしまった。

行き場を失った悪魔は、フリー・メーソンのなかへ逃げこみ、そこに安住の地を見出そうとした。ここでなら、まだ神秘と儀式の精神がいくらか残っていたからである。フリー・メーソンの内情を暴露した十九世紀末の有名なジャーナリストに、レオ・タクシルという怪しい素姓の男がいるが、彼の本のなかに出てくる「パラディズム」なるフリー・メーソンの一分派などは、タクシルの言を信ずるならば、完全に悪魔礼拝と黒ミサの教団であった。

この教団にかつて属していたイタリア人のドメニコ・マルジョッタという男が、仲間を裏切って書いた本（『パラディズム』一八九五年）には、いろいろな驚くべきことが述べられている。たとえば、彼らはローマの名高いボルゲーゼ宮殿の一部を、悪魔礼拝の寺院に改造して、そこで陽物像を礼拝していたという。しかも、礼拝堂の二階に便所があって、ちょうど祭壇の上に汚物の排出される管が配置されており、便所のなかには、さかさまになったキリストの十字架像が釘で打ちつけてあって、「ここを出る前に、裏切り者に唾を吐きかけよ。魔王《サタン》に栄光あれ！」と書いてあったという。

フリー・メーソンのほかにも、十九世紀末の小さなオカルティスト（神秘学者）のグループで、黒ミサを執行していると非難され、教会から破門された教団があった。たとえば、ヴァントラス師の創立したリヨンの慈善カルメル会だとか、その後継者たるブーラン師の組織した新教団だとかである。カトリック作家のユイスマンスは、このブーラン師に参考資料を提供してもらって、あの悪魔主義文学の一大傑作というべき『彼方』（一八九一年）を書いたのである。『彼方』のなかに出てくる黒ミサの司祭ドークルは、したがって、ある程度まで、このヴァントラス師あるいはブーラン師をモデルにしたものと想像してよいだろう。悪魔に捧げるドークルの恐るべき祈りの言葉は、次のごとくである。

「生殖の希望にして、空しき子宮の懊悩なる魔王よ、御身は純潔なる女陰に無用の忍耐を求めず。断食や午睡のごとき痴愚の振舞を謳歌せず。御身のみは肉欲の嘆願を受納し、貧困にして貪欲なる家族に関する弁疏を聴許す。御身は母たるものをして、娘を売り息子を譲る決心をなさしめ、結実することなき、堕落せる恋愛をも助く。激烈なる神経症の後見人よ、ヒステリーの鉛の塔、血にまみれた強姦の器よ！」

このように叫んでから、次にドークルは、憎々しげな声で、ありとあらゆる悪罵をキリストに浴びせかけはじめるのだ。ドークルによれば、キリストは「ぺてんの職人、讃仰の盗人、愛情の盗賊、卑怯なる神、偽君子、銀行の熱心なる手代、儀式用具の管理者、広大なる悪行の冒瀆者、愚鈍なる純潔の夢想家、呪われたるナザレ人、無能なる王」である。やがて女たちの物凄いヒステリーの場面になる。少し長いけれども、以下にこの部分を引用しておこう。

「ドークルは聖櫃《せいき》の上のキリスト像を凝視しながら、両腕をひろげて、怖ろしい侮辱の言葉を吐きかけ、酔いどれ馭者が口にするような罵詈讒謗《ばりざんぼう》を、力限り喚《わめ》きたてていた。合唱隊の童児がひとり、祭壇に背を向けて彼の前に膝まずくと、司祭の背に戦慄が走った。司祭はおごそかな口調で、途ぎれ途ぎれに、『この者はわが肉体なり』と叫んだ。それから、祝聖の式が終れば、尊き主の肉体の前に膝まずくのが定法であるのに、ドークルは却って会衆の方へ向き直った。見ると、その顔は腫れあがって、形相すさまじく、しとどの汗にまみれていた。

「ドークルは、二人の童児に法衣をまくらせて腹を露出し、陽物を握らせたまま、童児らを左右にして、足どりもよろよろと歩き出した。そして聖体パンを引きずりおろして、ああるいは打ち、あるいは潰して、それを階段の上に投げ出した。

「デュルタルは思わず身をふるわせた。狂乱の嵐が一堂を動揺させたからである。冒瀆につづいて、すさまじいヒステリーの疾風が巻き起って、女たちを吹き倒した。合唱隊の童児らが大司祭の裸体を礼拝するあいだに、あまたの女が聖体パンに武者ぶりつき、祭壇の前に腹ばいになって、湿ったパンの塊りを掻きむしって奪い合い、この神聖な不浄物を飲みかつ食った。

「別の女はキリスト磔刑像の上にうずくまって、けたたましく笑いながら、あたしの司祭さま！　と叫んだ。また、ある老女は髪を掻きむしり、跳びあがって、ぐるぐる回転し、それから片足で立ったまま身体を二つに折って、近くにいた若い娘に倒れかかった。その娘は壁のそばにうずくまって、痙攣《けいれん》に歯を噛みきしらせ、口から虫酸を流して泣きわめきながら、猛烈な暴言を吐きちらしていた。デュルタルが驚きあきれて眼を見はると、まるで靄《もや》のような煙のなかに、ドークルの赤い角が見えた。ドークルは、すでに腰をおろしていて、狂ったように泡を吹きながら、無酵のパンを噛んでは吐き出し、それを自分の陽物にこすりつけては、女たちに配っていた。女たちは獣じみた鳴き声を出しては、このパンを自分の身体の中へ押しこみ、潰すために押し合いへし合いした。

「その有様は、一室に監禁された脳病院の患者が一斉に騒ぎ出したか、あるいは淫売婦と狂女が蒸風呂にはいったかのような凄まじさであった。合唱隊の童児らが男たちと一つになっているかと思うと、この家の女主人が、裾をまくって祭壇にのぼり、片手でキリストの陽物をつかみ、もう一方の手で、聖盃を素裸の腿の下へ押しこんでいた。また礼拝堂の奥の暗がりでは、その時まで身動きもしなかった一人の少女が、急に四つんばいになって、牝犬のように夢中で吠え出した。」(田辺貞之助訳)

この見事な黒ミサの情景描写に刺激されて、アンリ・ド・マルヴォ、スタンラン、フェリシアン・ロップスらの世紀末画家が、それぞれ彼らの幻想のなかの悪魔のイメージを絵筆によって定着したのである。マルヴォは、ジュール・ボワの『悪魔学と魔術』のなかに挿入された、あの三十枚の特徴的なデッサンによって知られているが、その震えるような線描には、アール・ヌーヴォーのいわゆる「スティル・ヌイユ(シナそば様式)」の影響があり、私のとりわけ愛するものだ。

二十世紀の両次大戦によって、黒ミサ的世界の陰惨かつ病的な幻想は、すべて吹っ飛ばされてしまったように見える。現代の都市の内部には、もはや悪魔の住むところはなさそうである。現在、新聞の三面記事や週刊誌の雑報欄に、ときたま現われる田舎の黒ミサ事件のニュースも、わずかに神秘と猟奇を好む人々の好奇心を慰めているにすぎない。むしろ、こうしたキリスト教と土俗信仰との結びつきは、アフリカや南アメリカの僻地に残ったと言えるであろう。周知のように、ハイチ島のヴォードゥー教やジャマイカ島のオベア教、またブラジルのマクンバ教などは、今なお黒ミサ的な性格を濃厚にとどめた儀式を行っている。

現代の都市生活には、たしかに悪魔の入りこむ余地はなさそうであるが、しかしまた、高度資本主義社会の疎外と断絶のなかから生まれた、体制脱落（ドロップ・アウト）を志向するヒッピーやアンダーグラウンド芸術家たちの中に、かつての性の解放運動としての、黒ミサ的あるいはサバト的オルギアの雰囲気が再生していることも、見逃すことのできない事実であろう。すでに第一次大戦後のシュルレアリスム運動が、欲望の解放と絶対自由を旗じるしとして、その先駆的な役割を果しているのである。秘密結社と黒ミサの精神は、現代においても、必ずしも死滅してはいないように私には思われる。

悪魔のエロトロギア──西欧美術史の背景

サタン（魔王）という言葉はもともとヘブライ語で、「否定者」を意味し、「善の神に敵対する者」を意味する。したがって、善悪二元論の基盤の上に立つ世界中のあらゆる宗教は、神と並んで、必ずサタンと同じ性格の魔王を有《も》っているわけで、サタンはキリスト教だけに特有のものではないのである。世界中のほとんどすべての宗教が、本質的な二元論によって成立しているのは、地獄を有たぬ宗教がないのと一般である。地獄とは、このサタンによって宰領されたところの、悪人の魂が罰を受ける場所であって、エジプトにもアッシリアにも、またグレコ・ロマンの神話にも、きわめて曖昧な形ながら、すでに地獄観念の萌芽はあったと見るべきであり、ただキリスト教が、その厳格な終末思想により、古代セム族の世界から発してヨーロッパにまで拡まった、このような共通の地獄信仰を独特な形に発展させたのであった。

しかし、発展させたとは言いながら、唯一神教としてのキリスト教は、悪魔や地獄の問題を内部にかかえこんで、何と千年以上も悩まねばならないことになる。神と悪魔とがそれぞれ自分の領分を守り、自分のコスモスに棲み、そこに対立抗争がたえて起らなければ、まだしも話は簡単であろう。なぜならば、それでこそ二元論的世界観にふさわしい、論理的整合とシンメトリーが保持されるにちがいないからである。しかしキリスト教のオリジナリティーをなすものは、古代セム族の世界に一般的であった二元論の体系を放棄して、神が地獄の王にみずから広大な領地をあたえてやった、という信仰を認めるところにあった。二元論は、こうして表面から一応、消え去るのである。そして唯一の創造神だけが肯定され、そればかりか、悪魔もまた、人類をたえず誘惑するという、悪そのものの働きによって、窮極的には神の偉業に奉仕するべく運命づけられた、神の意志のための必要物とさえなるのである。それにしても、果して悪魔が神の統制と支配を越えて存在するのであるか、それとも神の意志によって存在するのであるか、という悪の起源と根拠の問題は、聖書のなかに明記されていないが故に、依然として未解決のままであり、古代および中世の教義史は、ひとえに、この点をめぐって紛糾錯雑をきわめることになるのである。

キリスト教の悪魔とは、いわば古いアジア的二元論の抑圧から生じたところの、古代および中世におけるヨーロッパの強迫観念でもあったであろう。

美徳と純潔によって支えられた権力を維持するために、キリスト教会は、官能的な愛欲が神性と見なされていた、古いアジア的世界の存続を徹底的に否定しなければならなかった。古代人が私たちに残したモニュメントは、実際、ことごとく生殖器崇拝の象徴によって成り立っていると称してもよいほどなのである。アジアばかりではない、ガンジス河からティベル河まで、テームズ河からナイル河まで、何百という民族を包含する広大な地域に、かつて、血と精液の奔出を讃える官能的な快楽の宗教が君臨していたのだった。原罪などといった観念をまだ知らない、いわんや抑圧とか、コンプレックスとかいった遠い未来の観念は知るべくもない、残忍でしかも健康な民族の宗教である。イシュタールやアナイティスやタニットやベルフェゴールの祭儀では、男女の性交や生殖があからさまに讃えられ、アフロディテーの寺院では、処女の売淫が公然と行われ、キュベレーやアティスの密儀では、僧侶の男根切除が行われ、バールやモロックやディオニュソスの礼拝では、血なまぐさい人間供犠さえ捧げられていた。すべてこれ本能と生殖力の聖化以外の何物でもない。アプレイウスが『黄金の驢馬』のなかに仔細に描いているように、淫靡なアジア起源の密儀宗教は、ローマ帝政下に、とどまるところを知らず伸張したのである。春の再来を祝い、農作物の豊饒を祈願する彼らの祭には、しばしば巨大な男根像を押し立てた行列や、野蛮な楽器の奏楽に合わせた舞踊や、飲酒と酩酊《めいてい》の乱痴気騒ぎが行われた。神事のアクセサリーや護符もまた、男根を象《かたど》っていた。エレウシスの密儀では、神に初穂を捧げる司祭が、地下の穴倉のなかで巫女と性交した。

このような古代人たちの生殖力に対する尊崇、官能的な悦楽に対する感謝の念を、キリスト教会は悪魔的なものと見なし、卑しむべき罪の行為と規定したのである。異教的な一切のものに対する闘争が、ここに始まった。しかしキリスト教会の禁欲の原理、官能に対する拒否の原理は、その信者たちをして、さらに倒錯的な道に踏みこませることにしかならなかった。異教の哲学の基礎を掘り崩し、異教の神々の祭壇を破壊し、異教の神々をすべて卑猥な悪魔と同一視するのは、まだしも容易なことである。それよりも困難なのは、今まで異教の神々によって満たされていた民衆の渇望のはけ口を、次にはどこに求めるかということであった。広場や十字路に立っていた怪しげなオベリスクや、円柱や、男根像をことごとく破壊しつくした後に、今度は何の像をそこに据えるかということであった。ドルイド教の水の崇拝や樹木の崇拝は、アニミズムに類する迷信の一形態にほかならないが、さて、民衆のあいだに深く滲透していた、これらの迷信をどうして根絶するかということであった。——要するに、かかる狂信的な偶像破壊論者《イコノクラスト》たちの破壊運動をもってしても、民衆のフラストレーションを鎮静せしめることは至難の業だったのである。そしてキリスト教のモニュメントや造形的表現のなかに、少しずつ、この民衆の渇望が紛れこんでゆくのを防止することは不可能だった。かくて、まことに奇怪なことであるが、中世においては、しばしばキリスト教の聖者が陽物神の代りを務めることになったのである。倒錯というのは、その意味である。

古代および中世からルネサンス期にいたるまで、隠微な形で連綿とつづいたヨーロッパにおける生殖器崇拝の実相を、浩瀚な研究によって初めて明るみに出したのは、イギリスの政治家にして考古学者のリチャード・ペイン・ナイト（『陽物崇拝』一七八六年。とくに一八六五年の第二版の付録に、匿名の筆者の手になる中世以後の記述がある）と、フランスの考古学者ジャック・アントワヌ・デュロール（『古代および近代における生殖神について』一八二五年）である。デュロールによれば、陽物神は中世にいたって、聖者の名前と衣裳に改められたが、「その持ち物や、女を受胎させると信じられた効能や、その象徴である巨大な突起物などは、依然として元のまま」であった。またペイン・ナイトの書物の付録の筆者によれば、「建物の壁に男根像を飾るという習慣は、中世まで残ったのであり、とくにこの象徴物を温存したのは、教会の建物であった。」

中世に紛れこんだ古代の陽物崇拝の名残りを種目別に列挙してみれば、次のごとくになる。すなわち、

一、男根像やマンドラゴラを用いる魔術。（ジャンヌ・ダルクがマンドラゴラ崇拝の女妖

術使の嫌疑を受けて焼き殺されたことは、よく知られている。）
二、陽物神像に似た聖者像への祈願。（不能や不妊の治療に効能ありとされた。）
三、性器の形を模したパンや奉納物の売買。（聖職者がこれを奨励していた。）
四、聖母マリアの行列式。（その際、男根の包皮や臍の緒が礼拝された。）
五、尼僧院における張形の使用。（宗教会議により幾度となく有罪宣告を受けたが、いっかな廃《すた》れなかった。）

こうしてみると、新たなキリスト教的な装いを凝らしているとはいえ、異教の神々がやはり依然として、中世の民衆の想像力のなかで、ひそかに生きつづけていたということが分るであろう。ペイン・ナイトの前述の書物から、もう一度、次の部分を引用してみよう。

「オーベルニュ地方のクレルモンから約四里離れたところに、俗に《聖フータン》と呼ばれる、強大な男根の形をした岩塊があった。同じような男根状の聖者は、ブールジュ教区のブール・ディユーでは《聖グルリション》あるいは《聖グルリュション》という名で尊崇されていた。さらにブルターニュ地方のコタンタンでは《聖ジル》と呼ばれ、アンジュー地方では《聖ルネ》と呼ばれ、ブルゴーニュ地方では《聖ルニョー》と呼ばれ、ブレストの近辺では《聖ギニョレ》と呼ばれていた。これらの男根の多くは、つい十八世紀まで相変らず女たちの尊崇を集めていた。ある地方では、参詣者が木造の男根を引っ掻いて粉にして、少しずつ持って行くので、やがて男根は破壊されてしまった」

むろん、この男根の粉末は、不妊の女がこれを飲めば、受胎能力を授かるという効能のものである。古代のプリアポス神像に対して女たちが行ったように、この岩塊の聖者に唇を押しあてて接吻したり、その上に素肌の臀のまま坐ったりするという習慣もあったらしい。性器崇拝は隠微な形で、完全に中世の民衆生活のなかに流れこみ、融けこんだのである。

ここで、キリスト教の祭儀とそれ以前の多神教の祭儀とのあいだに、いくつかの興味ぶかいアナロジーが存することを指摘しておきたい。それは一神教の風土のなかに、多神教の名残りが消えずに残ったことの証拠なのである。たとえば聖処女にして聖母のマリアは、アスタルテやイシスのような、古代地中海世界の処女神や大地母神の変形である。イエス・キリストとディオニュソスとのあいだには、死んでふたたび復活する男神としての、明らかに共通の性格が認められる。またキリスト教の弾圧をくぐって現われた女妖術使には、かつてのバッコス神の祭尼たちの淫奔と狂暴性とが、隔世遺伝のように認められはしないだろうか。ケルト人の崇拝した樹木の精や、メンヒルや、神石などは、教会が権威を確立した後も、相変らず僻地に残存していたし、なかにはキリスト教の祭礼と同化したものもあった。ダマスコの聖ヨハネの意見によれば、ドラゴンは人間に姿を変えて、女たちと容易に交わるという。また、九世紀の終りに書かれた教会法規によれば、女神ウェヌスは、洗礼者ヨハネを殺させたヘロディアスに姿を変えて、魔宴《サバト》の夜の秘密の集会を主宰するという。異教の神々が不吉な聖書の人物に変身して、ありとあらゆる場所に現われるのである。教会はこれを警戒し、民衆がこのような幻影――神の精神から発するのではなく、悪魔の精神から発するところの純粋な幻影――に、惑わされることのないよう勧告し、教化していかねばならない。まだこの頃には、妖術の存在はそれほど大きな脅威となってはおらず、教会側も妖術に対して、それほど断乎たる態度をもって臨む必要を認めてはいなかったのである。

もう一つ、キリスト教会が攻撃の対象として選んだ罪の象徴は、裸体の表現であった。これには二つの理由があり、第一の理由は、異教の偶像が羞恥心を傷つけるような、生まれたままの人間の姿を赤裸々に示しているからであり、第二の理由は、裸体がそれ自体として罪の徴候をあらわしているからであった。原罪を犯した楽園のアダムとイヴは、素裸ではなかったろうか。修道士や隠者を誘惑するとき、悪魔は素裸の女や黒人娘に身を変えてはいなかったろうか。女妖術使が夜宴におもむく際にも、しばしば彼女らは衣服をかなぐり棄て、みだらな姿勢で箒に跨がりはしなかったろうか。また彼女らは、インクブス（男性夢魔）の愛撫に裸体で応えはしなかったろうか。――かように、裸体に対する必要以上の猜疑《さいぎ》の目は、あの旧約聖書の性的自由とは全く違った、極端な羞恥と謹厳ぶりのなかに信者たちを閉じこめてしまう結果になったのである。旧約聖書の族長といえば、彼らはほとんどすべて一夫多妻の放埒な性生活を送り、近親相姦をもあえて辞さず、純潔や禁欲はむしろこれを恥辱とさえ考えていたのであった。この教会の謹厳ぶりの行きつくところに、キリストの彫像に衣服を着せたり、システィナ礼拝堂の壁画の英雄たちに腰巻をまとわせたり、あるいはボッティチェルリの絵を焼却したりするという、後世の愚行が演じられたのである。

異教への復帰と裸体の表現、——この二つを教会は極度に怖れていたから、中世美術の規範は、おのずから教訓的、教化的、したがって非美学的なものとならざるを得なかった。聖職者が決定する規則や命令に従わなければならないので、芸術家の自由な空想の表現は許されず、画家はただ悪魔的な主題に近づく時にのみ、恐怖や醜悪を心おきなく表現することができた。かくて寺院の樋嘴《ガルグイユ》の彫刻に、石工職人たちは彼らの宗教的不安を、しかめ面した悪魔や、不自然に身をくねらせた罪人や、もろもろの怪異な動物の形によって表現したのである。しかし、職人たちの彫刻制作上の深層心理学的動機がどうあったにせよ、勃起した性器だの、卑猥な人獣交合だのといったシーンをあらわした彫刻を寺院の内部に設置することを、当時の聖職者が黙認していたというわけでは決してない。ブールジュ本寺の半月形の地獄や、ヴィルフランシュ・シュル・ソーヌの人獣交合の場面や、サンス本寺の樋嘴や、ヴェズレー修道院の柱頭や、トレギエ本寺の迫持受飾《せりもち》などを眺めれば明らかなように、これらはすべて、ある意図のもとに制作されたのである。つまり、裸体というものを、滑稽かつ屈辱的なものたらしめんとする教化的意図である。のちになって、悪魔の畸形学《テラトロジー》はいよいよ発展するが、少なくともその当初の意図が、以上のごときものであったことは疑いない。「教会の絵や装飾は俗人のための書物である」とマンドの司教ギヨーム・デュランが述べているのは、この意味からである。しかし、醜悪そのものの表現が、俗世の民衆をして醜悪から背反せしめるための契機となり得たかどうかは、今日の目から見てはなはだ疑問と申さねばなるまい。

ちなみに、G・J・ヴィトコヴスキー博士の『キリスト教美術、その放縦』（パリ、一九一二年）は、中世ヨーロッパの寺院彫刻や絵画にあらわれたエロティックなモティーフを、版画入りで網羅していて、大そう興味ぶかい本である。たとえばプロスペル・メリメが逸早く指摘した、サン・サヴァン修道院の壁画にある「泥酔したノア」は、乱れた着物の裾から男根を露出させて眠っているし、ニームのコンシエルジュリーの柱頭にある「アベラールとエロイーズ」は、アベラールがエロイーズの着物の裾から片手をさしこみ、エロイーズが愛人の切られた男根を握っているという構図を示している。見かけはまさに猥褻であるが、これらの彫刻も、その目的においては完全に道徳的だった、と見なさねばなるまい。すなわち、肉欲の罪に落ちた修道士は、いかなる刑罰を受けねばならないかを、これらの彫刻は教えていたのである。

悪魔の畸形学――グロテスクな妄想や、エロティックな不条理や、奇怪な動物や器官の異種混淆や雑種形成――は、やがて中世末期、ヒエロニムス・ボッシュの絵画において頂点に達するが、まさにそれはイメージとスタイルの混沌を最大限に発揮した、一個の反世界ともいうべき非論理の宇宙であった。「いったい、この美と醜悪の結びついた奇怪な獣には、何の意味があるのだ。この頭のたくさんある怪物や、一つの頭に二つの身体が接している怪物は、教会のなかで何の働きをするのだ」と十二世紀初頭、聖ベルナルドゥスがロマネスク装飾の黙示録的猥雑さを痛罵するにいたる趨勢は、すでに準備されていた。ギリシアの宝石彫刻や、ササン朝ペルシアの織物や、古代の動物誌などに現われる稚拙な神話の怪獣が、それぞれ悪魔の名のもとに、髪の毛を逆立てた、歯をむき出した、胸のむかつくような、毛むくじゃらの無気味な存在に変貌した。ケンタウロスは地獄の守護者となり、ニムフは女吸血鬼となった。アルカーディアの野で女や子供を追いまわしていたサテュロスや、ファウヌスや、シルヴァヌスなどといった陽気な半獣神どもは、見るも穢らわしいインクブスになり変った。

このように、中世の造形的表現のなかに、醜悪さの要素が滔々と流れこんできたのは、いわゆる西暦一千年と呼ばれる、黙示録に予告された世界絶滅の年からである。この怖ろしい週末の予感に民衆がふるえていた頃、フランスのサン・レジェ僧院にいたラウル・グラベールという一修道士が、修道院の僧房に侵入してきた、あやしげな悪魔の実見談を書き残しているが、これはあらゆる西欧美術史に引用されて、西暦一千年を境としてロマネスクの修道院美術が一せいに開花するための、象徴的な事件と考えられているほどである。「寝台の脚もとに、小さな人間の形をした怪物が見えた。わたしの確認したところでは、そいつはひょろ長い首と、痩せた顔と、真黒な眼と、皺《しわ》の寄った狭い額と、ぺしゃんこな鼻と、大きな口と、脹れぼったい唇と、とがった顎《あご》と、山羊鬚《やぎひげ》と、ぴんと立った耳と、硬ばった蓬髪と、犬のような歯と、盛りあがった胸と背中の持主で、薄よごれた着物を着ていた。悪魔は動きまわり、暴れまわった。」（『年代記』）

芸術家の想像力を刺激せずにはおかない、この暗示的な文章が書かれたのは、法王グレゴリウスの改革や十字軍の遠征に先立つ、教化文学の全盛時代においてであった。注目すべきことは、この西暦一千年を過ぎる頃から、マニ教的異端——悪を善の原理に敵対する実体と見なしていた、強固な二元論を教義とする異端の諸派が、次第にその勢力を増してきたことであろう。古いアジア的二元論が、あたかも間歇泉のように、キリスト教の最も弱い環を破って噴出しはじめたのである。その自殺を称揚するまでの宿命論的、個人主義的な教義は、肉の快楽を愛しつつも、子供の誕生を恐れていた多くの民衆をいたく惹きつけた。マニ教的異端の信者たちは、悪神を至高の善神と同等の存在と見なし、悪神に熱烈な思慕を捧げ、後世の黒ミサを思わせる瀆神的乱行と血みどろの儀式の行われる秘密の集会で、男女入り乱れて性の快楽に耽《ふけ》ったのである。近親相姦や同性愛のタブーも、彼らは無視したと伝えられる。そしてその乱行の結果として誕生した子供は、火に焼かれてただちに灰にされ、この灰を彼らは酒に混ぜて飲んだと伝えられる。その灰には「まことに強烈な悪魔的効力があったので、ひとたびこれを味わった者は、もはや異端の信仰から一生逃れられず、真実の道に立ち帰ることは不可能となるのだ」とラウル・グラベールが書いている。

「プラトンやドルイド教より時代をくだった中世の種々様々な異端の背後から、インド・ヨーロッパ世界に共通した一種の神秘主義が、まるで透し模様のように浮かび出てくる。インドからブルターニュにいたる地域を地理的歴史的に検討するとき、はやくも西暦三世紀以来、《昼》と《夜》とのあらゆる神話を綜合折衷《せっちゅう》した一つの宗教が、まことに地下水ともいうべき姿で拡がったことが確認される。この神話は初めペルシアで成立し、のちにグノーシス派とオルフェウス派によって仕上げられたもので、これは取りも直さずマニ教の信仰である」とドニ・ド・ルージュモン（『愛と西欧』）が述べており、彼はマニ教的異端の放縦と乱行の伝説を全面的に否定しているが、彼らのプラトン的な熱烈なエロス信仰については、その二元論の当然の帰結として、これを認めるに吝《やぶさ》かではないらしい。

ともあれ、この燎原の火のごとき異端の滲透に外から脅かされつつ、教会はさらにその内部で、徐々に腐敗しはじめた修道士の禁欲生活を、きびしく律していかねばならない羽目に立ち到ったのである。かつて独身を守っていた僧侶たちがこの頃になると、いわゆるニコライ宗の異端的悪習に染まって、ひそかに女と内縁関係を結んだり、はなはだしきは清浄なるべき修道院内に、娼婦や少年の淫猥なハレムをつくったりするようにさえなっていたのだ。八世紀初頭、教会刷新運動の組織者であった法王ザカリアスと司教ボニファティウスとのあいだに取り交わされた手紙には、次のようなショッキングな文章がある。すなわち、「あの贋の司祭どもを、私たちは法の制裁に委ねなければなりません。誰の目から見ても、彼らは破戒僧であり殺人犯であり、男色家であり倒錯者であり、瀆神者であり偽善者です。彼らは、奴隷状態から引き上げてやるために、みずから剃髪した奴隷たちを、家来のように従えています。彼らこそ悪魔の奴隷であり、それが神の司祭と名を変えているのです。彼らは司教の権限を認めず、勝手気ままな生活を送っており、民衆を味方につけて、彼らの憎むべき素行を改めさせようとする司教に敵対しています」と。

十一世紀、教会改革の急先鋒であったペトルス・ダミアニが法王に宛てて書いた、名高い『ゴモラ人の書《リベル・ゴモリアヌス》』（一〇四九年）にも、当時の聖職者たちの腐敗堕落ぶりが活写されている。

陽物崇拝の迷信と悪魔礼拝の錯誤のうちに昏迷していた民衆を、教化すべき立場にあったはずの聖職者が、このように前代未聞の道徳的頽廃に陥っているのであってみれば、教会側としては、かかる風潮に抗して、力をつくして闘わないわけにはいかなかった。地獄の恐怖をますます煽り立てる必要があったから、絵筆や鑿《のみ》をもって、地獄の恐怖のヴィジョンを民衆のあいだに広める能力をもった、あらゆる悪魔芸術家の仕事は、教会の嘉するところとなった。グーテンベルク以前には、教会の壁の絵や彫刻よりほかに、民衆を指導するコミュニケーションの手段とてはなかったのだ。たびたびの宗教会議以後、教会の反動的性格はいよいよ強まり、同時に教会の権威の最も強力な表現である、「最後の審判」の恐怖の度合もいよいよ高まった。多くの「審判」の図に描かれた地獄は、悪魔が罪人に対してサディスティックな刑罰を加えている、文字通り恐怖と悲惨の世界になっている。

信者たちに教訓をあたえるという口実のもとに、かくて中世末期の悪魔芸術家たちは、地獄遍歴を主題としたアイルランドの聖者伝説や、聖パウロの「幻想」や、ダンテの「地獄」などにインスピレーションを鼓舞されて、際限も知らぬ想像力の放蕩にふけり出したのである。それはサド゠マゾヒズムとスカトロジーの、醜悪きわまりないリアリズムであった。オルカーニャや、ジョットーや、タッデオ・ディ・バルトロの絵筆によって再現された「苦しみの都《チッタ・ドレンテ》」（地獄）は、そこに棲む悪鬼どもが人間に対してさまざまな性的拷問を加える、荒れ狂った一個の気違い病院にほかならなかった。ドイツの細密画《ミニアチュール》やアルビ大会堂の巨大な壁画もまた、同じ傾向を示しており、地獄の刑罰と地上の悪徳とのあいだに対応する複雑な約束を心得ていなければ、見る者をして途方に暮れさせる態のものである。たとえば「忿怒《ふんぬ》」の罪は、肉屋の俎板《まないた》に似た台の上に鎖でしばられて、槍や庖丁で切り刻まれる。「吝嗇」の罪は、油の煮立った大釜に投げこまれ、三叉の熊手で串刺しにされる。「大食」の罪は、気味悪い悪魔の抱擁を受け、生きた蛙を呑みこまねばならない。「淫蕩」の罪は、硫黄の燃える井戸に突き落される……等々。

中世美術の発展とともに、この酸鼻をきわめた地獄の場景描写も、いよいよ複雑に、いよいよ精緻に洗練されていった。刑罰や拷問の種類もどんどんふえた。イタリアの巨匠たちの「審判」図では、しばしば顔の三つある巨大な地獄の魔王が、画面の中央にどっかと腰を据え、あたかも古代のモロック神のように、両手で罪人どもを捉えては、頭からこれをむさぼり食い、下半身の肛門から排出している光景が眺められる。これらは、ダンテの詩篇に直接あるいは間接に影響された結果であろう。

地獄の刑罰のなかでも最も古くから表現されたものは「淫蕩」のそれであり、この主題は早くから独自の発達を見た。すでに十二世紀頃から、モワサックで、トゥールーズで、サン・ポンで、アルルで、中世美術は「蛇と女」のモティーフを開拓している。すなわち、女の恥部に食らいつき、女の乳房に嚙みついている爬虫類の主題である。名高いタヴァンの地下祭室の壁画では、髪ふり乱し淫蕩の乳房を蛇もろとも、みずから槍で突き刺した女が、「倒れる寸前、断末魔の痙攣にふるえているかのよう」(アンリ・フォシヨン)である。ギュイヨ・マルシャンも、アントワヌ・ヴェラールも、ヒエロニムス・ボッシュも、ティエリ・ブーツも、この主題をふたたび採り上げ、好んで乳房とセックスの拷問を描き出している。ミケランジェロさえも、システィナ礼拝堂の「最後の審判」の部分に、身体を蛇にぐるぐる巻きにされた、筋肉逞《たく》ましいミノスを描いており、おまけにこの蛇は、ミノスの男根に食らいついているのである。……

悪魔芸術が衰退に向ったのは、恐怖の過剰から生ずる反動のためだったろうか。悪魔の乱痴気騒ぎや地獄の擾乱にすっかり慣れてしまった民衆が、これを少しも恐怖しなくなったためであろうか。いずれにせよ、中世の末期にいたって、悪魔は極端に人間化し、卑猥な解剖学的探究を生み、やがてデカダンスにおちいったのである。悪魔はともすると、名高い鬼神論者ヨハン・ヴァイエルが見たような、黒衣をまとった大男としてしか表現されなくなった。こうしてついにルネサンス、人間の復活、悪魔の死の時代に突入するのである。

宗教改革、聖書の原典批判、偶像破壊、妖術信仰、農民一揆が相継いで同時に起り、教会はここで手を打つ必要を痛感した。ほっておけば、異端邪説の逆宇宙に際限もなくのめりこんでゆく画家たちの空想力は、教会内をいたるところ、悪魔の乱痴気騒ぎで埋めつくしてしまうかもしれない。――こうして発令されたトリエント宗教会議（一五六三年）の条項は「誤れるドグマに人をみちびくがごとき、いかなる画像をも教会内に置くことを禁ずる」趣旨のものであった。この年を境として、悪魔の宗教美術は終りを告げ、以後はアルチンボルド風の象徴や、寓意的な「美徳と悪徳の闘い」や、古典的な神話にその隠れ処を見出すようになる。これがすなわち、バロック時代の黎明である。

中世悪魔美術の成立する神学的、思想的ならびに社会的背景を、ざっとデッサン風に叙述したこの小論は、とくにロラン・ヴィルヌーヴの『悪魔、魔王のエロトロジー』（パリ、一九六三年）に負うところが多大であったことを申し添えておく。

ドラキュラはなぜこわい？——恐怖についての試論

あえて極言するならば、文化も宗教も、狂気も夢も、すべて人間の不安の投影でしかなく、恐怖による虚無からの創造物だと称することができよう。恐怖こそ、すべての人間の上部構造の原因なのである。いわゆる下部構造と見なされた社会の経済的機構も、この恐怖の一様態と考えて差支えあるまい。自己保存の本能は、恐怖なしには考えられないからだ。いわば恐怖の土台の上に、人間は空中楼閣のごときイデオロギーの花々を咲かせたのである。

いったい、恐怖の感情とは、外敵の不安におびえながら、穴居生活をしていた原始時代からの人類の記憶でもあろうか。少なくともユングによれば、恐怖とは、悪魔や怪物が現に生きていた、はるかな過去の時代のレミニッセンス（無意識的記憶）なのである。しかし、そもそも過去が悪夢を生み出すのか、それとも悪夢が過去を生み出すのか、——この心理的時間の因果関係は、（恐怖の感情が現に人間のなかで生きている以上）軽々に断定を許さぬものがあるであろう。アルゼンチンの幻想作家ホルヘ・ルイス・ボルヘスによれば、「過去とは、おそらく人間が過去について考える瞬間にすぎない」のである。

ポオの『アッシャー家の崩壊』のなかの神経症的貴族、ロデリック・アッシャーは次のように言う。「実際、ぼくは危険を厭《いと》うのではない。ただその絶対的の結果、恐怖というものを厭うのだ」と。

十八世紀のサロンの花形、当時の才女として知られたデファン侯爵夫人は、「あなたは幽霊を信じますか」と聞かれて、次のように答えたという、「いいえ信じません。でも、あたしは幽霊がこわい」と。

ヘーゲルの有名な命題のパロディーをもってすれば、「現実的なものはすべて非合理的であり、非合理的なものはすべて現実的」なのである。少なくともデファン侯爵夫人の無邪気な答えは、それを暗示しているように思われる。

ところで、視覚的なトリックを大幅に利用することから始まった第七芸術、シネマトグラフィー（映画）は、すでに十九世紀の文学が捨てて顧みなくなった、一見したところ古くさい人類の強迫観念ともいうべき、もろもろの恐怖を蘇生させ、しかも、これに新しい表現形式を賦与《ふよ》したのである。スクリーンの上に生きて動き出すようになった吸血鬼も、フランケンシュタインも、狼男も、ゴジラのごとき巨大な怪獣も、すべて非合理的であるが故に現実的な、古くてしかも新しい、人類の強迫観念の視覚化にほかならなかった。

吸血鬼ドラキュラはなぜこわいのか。——この答えは簡単である。最も本質的な恐怖は死の恐怖だからである。ドラキュラは死んでも死にきれず、夜間、墓地から抜け出してきて、村人たちの血を吸う。死を忌むべきもの、危険なものと見なした古代人にとって、これ以上の恐怖は考えられなかったであろう。「死者は、残されている者にとって危険なのである」とジョルジュ・バタイユが書いている、「もしも彼らが死者を埋葬しなければならないとすれば、それは死者を保護するためよりも、死の伝染性から彼ら自身が退避するためなのである」と。このような信仰は、現在でも、わたしたちの潜在意識の奥底に残存しているのではなかろうか。

ニューギニアの原住民アスマット・パプア族のあいだでは、仮面をつけた人間によって奇妙な儀式が演じられる。部落の近辺をうろついている死霊に扮した人間を、生者を演じる人間が、追いはらうのである。生者対死者の架空の戦いは、この儀式では、必ず生者の勝利によって幕を閉じることになっている。このことは、儀式以外の日常世界では、死者の力がいかに強く、ひとびとに恐れられているかを示すものであろう。

古代人や原始人のあいだでは、死は単に生命の対立物、生命の否定であるばかりでなく、また生命に対する攻撃的な力でもあったらしい。さればこそ、死の伝染を防ぐために、彼らは巨大な墓石によって、死者の埋葬された場所を囲ったのである。配偶者に死なれた男や女が、長いあいだ共同体から隔離されるという風習があるのも、この間の事情を語るものであろう。

マテオ・マキシモフの研究によれば、ジプシーの一部族のあいだでは、新しい屍体の胸に、長い針を一本突き刺してから、その屍体を埋葬するという。肉体は死んでも、まだ心臓だけは生きていると考えられたためである。この風習は、十八世紀までバルカン地方で広く行われていた、死者の心臓にクサビを打ちこむという、映画でお馴染みの、吸血鬼をほろぼすための処置を思わせるであろう。

吸血鬼（Vampire）という言葉は、おそらくトルコ語 Uber（妖術使）と、リトアニア語の Wempti（飲む）との合成されたものであろうと言われている。そして、吸血鬼伝説のすぐれた研究家、オルネラ・ヴォルタ氏によれば、この言葉は最初、生者の血を吸って生きつづける屍体を意味するものだったという。申すまでもなく、吸血鬼信仰の中心地はセルビア、スロヴァキア、ハンガリアなどの東欧地方であり、ボヘミアでは、現在でもこの信仰が生きている。また吸血鬼現象において、血が重要な役割をおびるのは、古来、動物の生命は血のなかにあり、血そのものであるという信仰があったことに基づくものであろう。

ギリシア神話のラミアという女怪は、夜間、テッサリア地方の村人の血を吸ってまわったと伝えられるが、これがたぶん、吸血鬼伝説の最も古い祖型ではないかと思われる。日本にも、出産のために死んだ女が化して妖鳥となり、夜中に飛行して子供を害するという「ウブメ」の伝説がある。吸血鬼の恐怖には、また血の恐怖、夜の恐怖も結びついていると考えられるが、これらも結局は、死の恐怖のヴァリエーションにすぎまい。

しかし、吸血鬼信仰が明確な形をとって、ヨーロッパの諸地方に広まったのは、キリスト教の発展以後だという説もある。キリスト教は霊魂にのみ不死の特権をあたえた。これに対して、肉体の不死の特権を要求したのが、いわゆる吸血鬼信仰だったというのである。たしかに吸血鬼の存在を信じた素朴なひとびとの潜在意識には、このようなキリスト教の霊魂偏重主義に対する、生物学的本能の権利要求があったと言えるかもしれない。

このことに関連して考えられるのは、吸血鬼という存在のエロティックな性格である。血を吸うという行為は、吸血鬼においては、接吻もしくは性行為の代替物と見なされる。吸血鬼に血を吸われて死なねばならない犠牲者も、しばしば吸血鬼と同じ快楽を味わう。最初の吸血鬼小説（一八一九年）を書いた英国のポリドーリという作家は、その主人公をバイロン卿の戯画のような、残忍な女蕩《おんなた》らしの悪漢として描いた。小説や映画に登場するすべてのドラキュラのモデルが、このバイロン卿のような、エロティシズムとダンディズムの化身なのである。

死の恐怖とは、要するに、肉体がほろびることに対する恐怖であって、肉体の憔悴《しょうすい》と結びついた性的生命もまた、恐怖の対象たり得るのだ。恐怖と性とは、サド侯爵の理論を持ち出すまでもなく、互いに混り合った領域であることが知られよう。フロイトは小児の性欲について述べた部分で、「すべての激しい感動現象は、恐怖を伴なう興奮さえも、性欲に直接の影響を及ぼすものである」と書いている。

映画のドラキュラがあれほど容易に、女たちを次々と誘惑することに成功するのも、また当然と申さねばなるまい。

シモネッタの乳房——あとがきにかえて

一九七〇年の秋、パリの北駅からアミアン行きの電車に乗って、シャンティーのコンデ美術館を見に行ったことがある。シャンティーはパリから二つ目の駅で、競馬場によって知られている。ふだんは至って静かな街だが、競馬のシーズンにはひとが多く集まるらしく、通りには高級レストランなんかも並んでいる。街並みがつきると、城門の向うに広大な緑の芝生がひろがっていて、芝生のかなたに小ぢんまりした美しい城が見える。城のまわりには池がある。コンデ美術館は、この城に集められた美術品を一般公開したものだ。

コレクションは粒よりで、その数もおびただしいが、私の目あては二つあった。一つはジャン・フーケやポール・ド・ランブールの時禱書であり、もう一つはピエロ・ディ・コシモの「シモネッタ・ヴェスプッチ像」である。

なめらかな画面、くすんだ落着いた色調で、このシモネッタ像（口絵参照）はすばらしく美しい。背景の青黒い雲の塊りから、端麗な横顔の線をくっきりと浮かびあがらせたシモネッタは、東洋風のショールを肩からずり落ちそうにさせて、乳房と上半身を完全に露出している。二つの乳房は正確な半球で、乳首がほんのり紅い。広い額は堂々たる貴婦人の貫禄だが、目つきと小鼻と唇がいかにも少女っぽく、あどけない。妖艶というのでもなく、高貴というのでもなく、むしろ物怖じしない少女の純真で明るい性格をそこに見るような気がする。顎をしゃくって、ちょっと可愛らしく、ひとを小馬鹿にしているように見えないこともない。

縄のように編んで束にした髪に、大小の真珠の粒を散りばめた奇抜なヘア・スタイルと、蛇のからみついたネックレスはいささか異様だが、繁栄の絶頂にあったクワトロチェント（一四〇〇年代）後半のフィレンツェでは、あるいは貴婦人たちのあいだに、こんな風俗が実際に流行していたのかもしれない。それにしても、当時の貴婦人がこんな恰好で画家のモデルになるとは思われず、これはやはり画家の空想あるいは追憶のなかで結晶した女の理想像であろうと考えられる。

さて、シモネッタ・ヴェスプッチとはいかなる女性であるか。記録によれば、彼女はもとジェノヴァの富裕な商人カッターネオ家の娘で、十六歳のときマルコ・ヴェスプッチと結婚してフィレンツェへやってきた。このヴェスプッチという男は、アメリカという地名のもとになったので有名な航海者アメリゴ・ヴェスプッチのいとこである。当時のフィレンツェの支配者ロレンツォ豪華王の弟ジュリアーノは、この人妻シモネッタに夢中で、一四七五年に彼が主催したメディチ家の騎馬槍試合《ジオストラ》も、彼女の美しさを称えるためのものだったといわれている。フィレンツェ市民に絶大な人気のあった若い美男のジュリアーノが、かなわぬ恋をささげている人妻シモネッタは、かくて全市民のあこがれの的となった。

しかるに彼女は騎馬槍試合の翌年、まだ若くして肺結核で逝った。その死顔があまりにも美しかったので、全市民に惜しまれつつ墓地に運ばれてゆくときにも、顔を布で覆うことをしなかったという。ピエロ・ディ・コシモは一四六二年の生まれだから、もしこのとき葬礼の群衆にまじって、おそるおそる彼女の死顔を見たとしても、まだやっと十四歳の少年だったはずである。おそらく、少年の心のなかに焼きついた美女の幻影が、年月とともにひたすら純化されて、あのようなイメージに結晶したのではないかと想像される。ちなみに、シモネッタの肖像を描いた当時の画家には、このピエロのほかにも名高いボッティチェリがある。

美術批評家のアラン・ジュフロワは、シモネッタの首に巻きついている蛇を「一瞬にして彼女のいのちを奪った病魔のシンボル」と見ている。佳人薄命といったところであろう。

ピエロ・ディ・コシモは、二十世紀のシュルレアリスムの先駆者のような幻想的な作風を示す画家で、とくに背景の自然、森の植物や動物の細密な描き方にすこぶる特徴があり、多くのイタリア・ルネサンスの画家のなかでも、私のもっとも気に入っている画家のひとりである。彼はほとんど肖像画を描かず、神話の世界だけを題材としていたから、このシモネッタ像は、彼の作品としてはむしろ異色に属するであろう。それとも早世した伝説の美女のおもかげを、彼はすでに神話の世界に組み入れていたのかもしれない。

最後に簡単に記すが、本書『エロス的人間』は、私が昭和四十一年から四十五年まで、すなわち六〇年代の後半に書いたエロティシズム関係のエッセーを取捨選択して構成したものである。いちいち初出を示さないが、すでに単行本『ホモ・エロティクス』（昭和四十二年、現代思潮社）や「澁澤龍彥集成」第三巻（昭和四十五年、桃源社）や『機械仕掛のエロス』（昭和五十三年、青土社）などに収録されたことのあるエッセーばかりである。いま読み返してみると、ジョルジュ・バタイユやノーマン・ブラウンをふりかざして、肩肘いからせた調子が何とも面映ゆくてやりきれないが、書いてしまったものは仕方がない。これも自分の精神の排泄物だと思ってあきらめよう。

昭和五十九年八月

澁澤　龍彥

解説

諏訪哲史

本書のタイトルである『エロス的人間』というネーミングは、おそらく、かつて一九五〇年代から七〇年代にかけて日本でよく読まれた思想家ヘルベルト・マルクーゼの著作『エロス的文明』（原書一九五五年・邦訳五八年）や『一次元的人間』（原書六四年・邦訳７４年）などの書名からインスピレーションを得たものであろう。

もちろん、「〇〇的人間」などは当時、類似した名の書名がこれ以外にも多くあり、思いあたるところでは、そもそも澁澤のエピキュリアンとしての思想的先達にあたる林達夫に『共産主義的人間』（五一年）があり、作家カミュには有名な『反抗的人間』（邦訳五六年）が、また、かつて澁澤も評価した大江健三郎の小説『性的人間』（六三年）や、湯川秀樹の『創造的人間』（六六年）、安部公房とドナルド・キーンの対談集『反劇的人間』（七三年）も、同じ時代的要請のなかで付けられたとおぼしき書名である。このうち、偶然か、はたまた当時の編集部の好みもあってか、澁澤、林、安部とキーンの三冊の書名が、かつて同じ中公文庫の巻末目録に並んでいたものである。

今とは違い、学術的で硬い題名の本ほど、当時の日本の読書家たちにはもてはやされたのである。知的渇望の時代の一つの意匠といってしまえばそうかもしれないが、とりわけ冒頭に述べたマルクーゼという稀有な学才の生涯、――かのフッサールとハイデガーという決裂した師弟の双方から学び、戦況の悪化のためアメリカへ亡命を余儀なくされながら、戦後におけるいとも激越な、フロイトの精神分析を用いて民主主義権力を研究した業績に思いをいたし、また、為政者へ集団隷属する大衆の習性や、権力の横暴を多数決制度そのものが安易に容認してしまう集団的同調性の不条理などへ警鐘を鳴らし続けた孤高の思想家の生き方を思うとき、この若き澁澤龍彦の稿を集めた本書『エロス的人間』という、すぐれて反社会的・反歴史的・そして反権力的なエロティシズム論集が、俄然、この二十一世紀の今日、まばゆい閃光を放ちながら、われわれ現代人の硬直化した思考の前にふたたび現れなおしてくるような思いがする。

本書の初読時、それは僕にとっておよそ三十年以上も前の、名古屋での高校時代のことであるが（おそらく澁澤の亡くなる前の年、一九八六年の終わりごろで、僕は高校二年生だった）、このころ、僕は数年前から夢中で読んでいた三島由紀夫への深い関心から、当時まだ新刊だった中公文庫の澁澤龍彥『三島由紀夫おぼえがき』を、ふとタイトルに魅かれて読んだ。これが、僕が生まれて初めて読んだ澁澤龍彥の本である。

それから同文庫の『悪魔のいる文学史』、『エロティシズム』、『エロス的人間』、『サド侯爵の生涯』、『少女コレクション序説』、『玩物草紙』、福武文庫の『偏愛的作家論』、そして河出文庫の一連の長大なドラコニア・シリーズへと――、初めはおもに日本や海外の文学にかんする著作から選んでゆき、しだいに彼の本領である古今の異端文化紹介へと手をそめていった記憶がある。高校の間だけで、すでに二十冊ほどは澁澤の文庫本（サドなどの翻訳を含む）を読んでいたように思う。澁澤をリアルタイムで読んだ一世代か二世代ほど上の「単行本世代」の読者層とは異なり、僕ら以降の新しい澁澤ファンとは「文庫世代」であり、いわば遅れてきた読者なのであった。

ところで、この文庫本『エロス的人間』は、読者の間では暗に、この前に同文庫で出された澁澤の主要著作というべき思想的エッセー集『エロティシズム』の勢いをかって副次的・付随的に出された「補遺」のような扱いをされているが、それにしては、思想的なラディカルさの点では前著にまさるともおとらぬものがあり、すこぶる挑発的な言説も垣間見られ、民心の凝り固まった旧弊な風紀良俗や秩序を、精神の側から壊乱せねば済まない孤高の文学的テロリストたらんとする矜持がうかがえ、本書のこうした側面が、若き日の僕の情操・価値観に大きな影響をあたえたのである。澁澤龍彥とは、サドと同じ、いわば「反転したユマニスト」であり、ニーチェ的な「善悪の彼岸」(奴隷的道徳を超越したニルヴァーナ世界)を憧憬する、あまりに純粋ゆえに頑ななユートピストなのである。

とりわけ収録二篇目の「エロス、性を超えるもの」にしるされたエロティシズム論の数節から、僕は、はかりしれぬほど大きな感銘を与えられた記憶があり、それは今でもなまなましい存在感で僕の思考の中核にありつづけている。それは以下の箇所である。まずはこの部分。

——エロティシズムには、暴力や血の欲求に結びついた一面もあるが、また純粋に精神的、想像的なエロティシズムもあり、この点で、それは芸術に似ているのである。想像力のはたらきによって成立する芸術活動が本来アモラル(無道徳)であるように、エロティシズムもアモラルである。また芸術に進歩がないように、エロティシズムにも進歩がない。

この箇所から、……これは少々変則的な読み方かもしれないが、この一つ前の段落の文章へ戻ることで、澁澤の意図する主張がさらに明確に理解されるように思われる。すなわちここだ。

――つまり、エロティシズムとは、直線的な歴史の方向に沿ったパースペクティヴのなかで眺めるべきものではなく、むしろ既存の文化体系や社会生活を解体し、古代と現代とを同一平面上に均等化するような、いかなる意味でも弁証法の介入する余地のない、あらゆる時代において共通した、一種の反社会的な危機の表現として眺めるべきものではないか。

ヘーゲル的もしくはダーウィン的な近代の健全な進歩史観にとって、エロティシズムの衝動が人間のリニアーな歴史の発展をなしくずし的に無化し、均して、原初の野性へと個々人を等しく先祖返りさせる力を発揮することは、さぞ冒瀆的であり、ゆゆしき事態であろう。動物からヒトになった人間は互いの共食い・殺戮を防ぐため、宗教的戒律や社会契約で自縄自縛し、各々共通の良心や理性を明文化して法となし、不気味な「法治」による国家を形成して、その果てに、各人の野性を各人自身が抑圧する自己監視システムを構築した。この一人の人間のなかで、禁止と抑圧に抗う野性の欲動が、息苦しく屈折・変節しながら隠微に細分化されたものが、文学・芸術その他、なまなましいエロティシズムの多彩かつ変質的な精華であり、薄っぺらな進化論や未来的思考などとは縁遠い、すぐれて古代的な、呪術的な力能なのである。

ことほど左様、本書には、エロティシズムの要諦である「悪」にかんし、秀逸な分析が見られる。「ジャン・ジュネ論」のなかの次の一節だ。

――サドは形而上学的な叛逆者であり、錯乱した自由思想家であり、体制の全面的な否定者であって、要するに、ニーチェやマックス・スティルナーの先祖であると言うことができる。ところで、ジュネには世界の変革の意志はまるでなく、よしんば悪に耽溺《たんでき》するとしても、この悪を体系化し、夢みられた一つの世界において、これを何らかの価値ある普遍性に近づけようという努力が全く見られないのである。ジュネの悪は、いわば存在に寄生し、すべての存在を腐敗させる病菌のような悪であろう。

見事なまでに明晰な「さかしまの倫理学」であり、作家論といえよう。

このように、澁澤の文章は明快で、その主張にはよけいな修飾がなく直截的だ。けれども、人がよくいう「澁澤の本は中学生でも読める」との言には、僕は本音ではうなずきかねる。いや、読めるというだけなら、過剰なレトリックも思わせぶりな留保もない彼の均整のとれた文体はたしかに「読める」。現に河出文庫の「物語シリーズ」や「手帖シリーズ」などは前言の通りであろう。しかし、その他の主要著作の、たとえばあの脚注もなく次々に頻出する内外の書名・人名・地名等の固有名詞や、思想・主義などの学術用語などを、若い初読者が辞書もなく容易にまた十全に読みうると言い切るのは、僕にはいささか彼らに酷であるように思われる。

僕自身も初読時、あの多くの見知らぬ固有名詞たちの乱舞に酩酊させられ、心地よく圧倒された記憶がある。だが、その容易には至りつけそうにない知性の高みこそが、つまり歴史や世界、人間の想像力の「遠さ」であり、澁澤龍彥のエッセーの大きな魅力でもあるのである。

このたび出された新装版のカバーには、澁澤が生前もっとも愛した画家といわれる二十世紀スウェーデンのシュルレアリスト、マックス・ワルター・スワンベルクのリトグラフが使われている。著者あとがきで語られるピエロ・ディ・コシモとは時代に大きな懸隔があるが、エロス的な綺想の画家である点では両者は同じであり、この点でも、澁澤の審美眼が時代的なヒエラルキーなどを持たず、あくまで公平であることが知れる。

今回選んであるスワンベルクの画は、ランボーの詩集「イルミナシオン」にスワンベルクが挿画を施した詩画集のなかの一葉で、実は僕も深くこの絵を愛し、額に入れて玄関に飾り、毎日眺めている作品なのである。従って、龍子夫人には、僕個人の嗜好も酌《く》んでいただいたことになり、面映ゆい気持ちだ。僕の小説第一作『アサッテの人』も、第二作『りすん』（いずれも講談社刊）も、ともに、僕の強い希望で表紙にスワンベルクのリトグラフを使ったが、さて、僕がこの画家を病的なほど愛するようになったのは、もはや書くまでもないことだが、過日、澁澤さんのエッセーで知り、魅了されたからである。

（すわ・てつじ　作家）

本文中、今日の歴史・人権意識に照らして不適切な語句や表現がありますが、テーマや著者が物故していることに鑑み、原文のままとしました。

中公文庫

エロス的人間《てきにんげん》

1984年9月10日　初版発行
2017年9月25日　改版発行

著　者　澁澤《しぶさわ》 龍彦《たつひこ》

発行者　大橋 善光

発行所　中央公論新社
〒100-8152　東京都千代田区大手町1-7-1
電話　販売 03-5299-1730　編集 03-5299-1890
URL http://www.chuko.co.jp/

ＤＴＰ　ハンズ・ミケ
印　刷　三晃印刷
製　本　小泉製本

Published by CHUOKORON-SHINSHA, INC.
Printed in Japan　ISBN978-4-12-206455-3 C1195

各書目の下段の数字はＩＳＢＮコードです。978－4－12が省略してあります。

中公文庫既刊より

し-9-2
サド侯爵の生涯
澁澤龍彦
無理解と偏見に満ちたサド解釈に対決してその全貌を捉えたサド文学評論決定版。この本をぬきにしてサドを語ることは出来ない。〈解説〉出口裕弘
201030-7

し-9-7
三島由紀夫おぼえがき
澁澤龍彦
絶対と相対、生と死、精神と肉体──様々な観念を表裏一体とする激しい二元論に生きた天才三島由紀夫。親しくそして本質的な理解者による論考。
201377-3

し-9-9
少女コレクション序説
澁澤龍彦
「可憐な少女をガラス箱にコレクションするのは万人の夢であろう」。多くの人々が「少女」に抱いた情熱にまつわる思索。〈巻末エッセイ〉朝吹真理子
206432-4

あ-84-1
女体について　晩菊の八篇
安野モヨコ選・画　太宰治／岡本かの子／森茉莉他
はたかれる頰、蚤が戯れる乳房、老人を踏む足、不老の童女……文豪たちが「女体」を讃える珠玉の短篇に、安野モヨコが挿画で命を吹きこんだ贅沢な一冊。
206243-6

い-6-2
私のピカソ　私のゴッホ
池田満寿夫
ピカソ、ゴッホ、そしてモディリアニ。青年の日に深い衝撃を受け、そして今なお心を捉えて離さない天才たちの神話と芸術を綴る白熱のエッセイ。
201446-6

い-6-4
エーゲ海に捧ぐ
池田満寿夫
二人の白人女性を眺めながら受ける日本の妻からの長い国際電話……。卓抜な状況設定と斬新な感覚で描く、衝撃の愛と性の作品集。〈解説〉勝見洋一
202313-0

う-26-3
安徳天皇漂海記
宇月原晴明
若き詩人王は詠い、巡遣使マルコ・ポーロは追う。神器に封じられた幼き帝を──。海を渡り時を越え紡がれる幻想の一大叙事詩。第十九回山本周五郎賞受賞作。
205105-8

う-26-4
廃帝綺譚
宇月原晴明
元と明の廃帝と、隠岐に流された後鳥羽院。廃されし王に残されたものとは。山本周五郎賞受賞作『安徳天皇漂海記』に連なる物語。〈解説〉豊崎由美
205314-4

み-9-6
太陽と鉄
三島由紀夫
三島ミスチシズムの精髄を明かす表題作。作家として自立するまでを語る「私の遍歴時代」。三島文学の本質を明かす自伝的作品二篇。〈解説〉佐伯彰一
201468-8

み-9-7
文章読本
三島由紀夫
あらゆる様式の文章・技巧の面白さ美しさを、該博な知識と豊富な実例と実作の経験から詳細に解明した万人必読の文章読本。〈解説〉野口武彦
202488-5

み-9-9
作家論 新装版
三島由紀夫
森鷗外、谷崎潤一郎、川端康成ら作家15人の詩精神と美意識を解明。『太陽と鉄』と共に「批評の仕事の二本の柱」と自認する書。〈解説〉関川夏央
206259-7

み-9-10
荒野より 新装版
三島由紀夫
不気味な青年の訪れを綴った短編「荒野より」、東京五輪観戦記「オリンピック」など、〈楯の会〉結成前の心境を綴った作品集。〈解説〉猪瀬直樹
206265-8

み-9-11
小説読本
三島由紀夫
作家を志す人々のために「小説とは何か」を解き明かし、自ら実践する小説作法を披瀝する、三島由紀夫による小説指南の書。〈解説〉平野啓一郎
206302-0

み-9-12
古典文学読本
三島由紀夫
「日本文学小史」をはじめ、独自の美意識によって古今集や能、葉隠まで古典の魅力を綴った秀抜なエッセイを初集成。文庫オリジナル。〈解説〉富岡幸一郎
206323-5

よ-48-1
ぶるうらんど 横尾忠則幻想小説集
横尾忠則
生と死のあいだ、此岸と彼岸をただよう永遠の愛。泉鏡花文学賞受賞の表題作に、異国を旅する三つの幻想奇譚をあわせた傑作集。〈解説〉瀬戸内寂聴
205793-7

各書目の下段の数字はISBNコードです。978-4-12が省略してあります。

よ-17-9
酒中日記
吉行淳之介 編
吉行淳之介、北杜夫、開高健、安岡章太郎、瀬戸内晴美、遠藤周作、阿川弘之、結城昌治、近藤啓太郎、生島治郎、水上勉他――作家の酒席をのぞき見る。
204507-1

よ-17-10
また酒中日記
吉行淳之介 編
銀座や赤坂、六本木で飲む仲間との語らい酒、先輩たちと飲む昔を懐かしむ酒――文人たちの酒にまつわる出来事や思いを綴った酒気漂う珠玉のエッセイ集。
204600-9

よ-17-11
好色一代男
吉行淳之介 訳
生涯にたわむれし女三千七百四十二人、終には女護の島へと船出し行方知れずとなる稀代の遊蕩児世之介の物語が、最高の訳者を得て甦る。〈解説〉林　望
204976-5

よ-17-12
贋《にせ》食物《しょくもつ》誌《し》
吉行淳之介
たべものを話の枕にして、豊富な人生経験を自在に語る、洒脱なエッセイ集。本文と絶妙なコントラストを描く山藤章二のイラスト一〇一点を併録する。
205405-9

よ-17-13
不作法のすすめ
吉行淳之介
文壇きっての紳士が語るアソビ、紳士の条件。著者自身の酒場における変遷やダンディズム等々を通して「人間らしい人間」を指南する洒脱なエッセイ集。
205566-7

よ-17-14
吉行淳之介娼婦小説集成
吉行淳之介
赤線地帯の疲労が心と身体に降り積もり、街から抜け出せなくなる繊細な神経の女たち。「赤線の娼婦」を描いた全十篇に自作に関するエッセイを加えた決定版。
205969-6

よ-60-1
人形作家
四谷シモン
母に翻弄された少年時代、状況劇場での活躍、澁澤龍彦との親交。観る人を甘美な世界に引きずり込む天才人形作家が綴る波瀾万丈の半生記。〈解説〉嵐山光三郎
206435-5

ア-6-1
エロティシズム
F・アルベローニ
泉　典子 訳
女は甘美な余韻に浸っていたいが、男は早々に醒めてしまう。セックス後に代表される男と女の違いに焦点をあててエロティシズムを分析した衝撃作。
202777-0